# 截句詩「誤讀」

截竹為筒作笛吹

余境熹 著

# 截句 ● 剪掉的蠟燭，更多的眼淚

# 4 行詩

你用過的杯
上面印著一隻鳥
把杯子摔破——
聽到鳥的叫聲

帶著
我的法衣
終於　無人
裁下我
　　的
　影
　子
　顯
　山
、露水

## 【截句詩系第二輯總序】
# 「截句」

李瑞騰

　　上世紀的八十年代之初，我曾經寫過一本《水晶簾捲——絕句精華賞析》，挑選的絕句有七十餘首，注釋加賞析，前面並有一篇導言〈四行的內心世界〉，談絕句的基本構成：形象性、音樂性、意象性；論其四行的內心世界：感性的美之觀照、知性的批評行為。

　　三十餘年後，讀著臺灣詩學季刊社力推的「截句」，不免想起昔日閱讀和注析絕句的往事；重讀那篇導言，覺得二者在詩藝內涵上實有相通之處。但今之「截句」，非古之「截句」（截律之半），而是用其名的一種現代新文類。

　　探討「截句」作為一種文類的名與實，是很有意思的。首先，就其生成而言，「截句」從一首較長的詩中截取數句，通常是四行以內；後來詩人創作「截句」，寫成四行以內，其表現美學正如古之絕句。這等於說，今之「截句」有二種：一是「截」的，二是創作的。但不管如何，二者的篇幅皆短小，即四行以內，句絕而意不絕。

　　說來也是一件大事，去年臺灣詩學季刊社總共出版了13本個人截句詩集，並有一本新加坡卡夫的《截句選讀》、一本白靈編的《臺灣詩學截句選300首》；今年也將出版23本，有幾本華文地區的截句選，如《新華截句選》、《馬華截句選》、《菲華截句選》、《越華截句選》、《緬華截句選》等，另外有卡夫的《截句選讀二》、香港青年學者余境熹的《截竹為筒作笛吹：截句詩「誤讀」》、白靈又編了《魚跳：2018臉書截句300首》等，截句影響的版圖比前一年又拓展了不少。

　　同時，我們將在今年年底與東吳大學中文系合辦

# 【自序】

余境熹

書名「截竹為筒作笛吹」，出自唐朝詩人「峽中白衣」。

十數篇短文混進「吹鼓吹」的隊列，「截竹為筒」，聊作「笛吹」。

如果能「和弦共振」，也是種「截」然不同的「受」吧。

是為序。

# 目　次

截竹**為筒**作**笛**吹

# 對面的兄弟看過來：
## 蕭蕭〈面對曠野〉與〈春喜〉「誤讀」

蕭蕭（蕭水順，1947- ）〈面對曠野〉：

不知是有心還是無意
我失去了父母、祖輩
失去了久已不用的脾腎心肺

面對純真，我拿什麼還給曠野？

蕭蕭〈春喜〉：

面對溝，你有跨過去的決心嗎？
面對海，你有上船的意願嗎？

　　面對太陽，我們收起了蠟

　　面對你，我們鋪展了大地河山

　　蕭蕭在2018年1月24日寫下截句〈面對曠野〉，四天後即1月28日另作〈春喜〉。由於兩首詩同樣用上「面對」一詞，蕭蕭於臉書發帖，邀請詩友就「面對」之重複作一檢視。

　　事實上，蕭蕭在兩首四行截句裡置入不少宗教典故，例如「失去了久已不用的脾腎心肺」為尹志平（1169-1251）式的道教超脫塵俗經驗，「失去了父母、祖輩」暗指出家修行，耆那教的筏馱摩那（Vardhamāna, c. 497 BC-c. 425 BC）、佛教的釋迦牟尼（Gautama Buddha, c. 480 BC-c. 400 BC），都捨棄了世俗地位，尋求真理；至於「面對太陽，我們收起了蠟」，則是反用希臘神話裡伊卡洛斯（Icarus）蠟翼融化、墜海而亡的故事。這令我想起耶穌基督後期聖徒教會標準經文之一《摩爾門經》（*Book of Mormon*）的敘事。

　　《摩爾門經》首篇〈尼腓一書〉（"First Book of Nephi"）講述，居住在耶路撒冷的李海（Lehi）因獲得神的啟示，毅然「撇下了他的房屋、他繼承的土地、他的金子、他的銀子和他的寶物，除了他的家人、必要的物品和帳篷外，什麼都沒帶，就離開進入了曠野」。對此，李海的兒子拉曼（Laman）和雷米爾（Lemuel）非常不滿，時時埋怨，即使其後到達應許地，仍一再動念要殺害蒙神指引、帶領家人的弟弟尼腓（Nephi）。

　　違逆神旨的拉曼、雷米爾「有心」為自身爭奪權益，但其生命狀態卻每況愈下，「無意」之間，竟已丟失了一切。當尼腓不得不逃避拉曼、雷米爾而進入曠野後，拉曼、雷米爾「失去了父母」留下來導引前程的利阿賀拿，失去了「祖輩」的家譜，他們和他們的後裔變得極其懶惰，彷彿「失去了久已不用的脾腎心肺」，行屍走肉一般過活；到了尼腓的姪子以挪士（Enos）的時代，拉曼人就已全然喪失教養，成為野蠻、兇殘、嗜殺、污穢的民族，住在帳篷，飄泊不

定，剃成光頭，僅用短皮塊繫腰，不少人更只以生肉為食。

　　由此可知，〈面對曠野〉的敘述者「我」便是拉曼（或其弟雷米爾）──蕭蕭的人文情懷，讓他設想拉曼與尼腓永別的一刻，心中是否充滿掙扎，是否因放不下身段而感到懊悔。當「面對」一再寬容自己、即使屢屢被折磨卻仍保持「純真」的弟弟尼腓轉身離去時，拉曼是否曾長吁一口氣，唏噓於命運的無可挽回呢？他，要如何補償，「拿什麼還給曠野」裡的尼腓？缺憾不能還諸天地，天地當刻，充滿缺憾。

　　蕭蕭用「面對」一詞使〈面對曠野〉、〈春喜〉兩詩嶺斷雲連──〈春喜〉的敘述者，便是光明正直的尼腓。

　　李海與眾子離開耶路撒冷，進入曠野後，神又吩咐李海派眾子折返耶京，取回由拉班（Laban）所持有的家譜。拉曼、雷米爾本已為捨棄產業、流浪在外而埋怨不停，此時忽接父親命令，要自強悍的拉班手上得到祖先紀錄，更是不滿，正義的一方（李海、

尼腓）與叛逆的一方（拉曼、雷米爾）遂有了更大的鴻「溝」。尼腓對兄長發出摯誠的邀請：「面對溝，你有跨過去的決心嗎？」表明：「我會去做主所命令的事，因為我知道，主決不命令人類兒女去做任何事情，除非祂為他們預備道路，來完成祂所命令的事。」最終兄弟三人一同返回耶路撒冷。

　　第二道「溝」，是拉班。拉曼先到拉班家，請求得到祖先的紀錄，但被拉班發怒趕走，他和雷米爾於是打算放棄，空手回去曠野找父親。尼腓又再邀請他們：「面對溝，你有跨過去的決心嗎？」表明：「像主活著，也像我們活著一樣，除非我們完成主所命令的事，我們決不下到曠野中的父親那裡去。」他接著收集以前家裡的金銀財寶，想用它們來換取紀錄，可是拉班重利輕義，派人搶奪尼腓兄弟的金銀，尼腓他們只好丟下財寶，躲入岩洞。

　　拉曼和雷米爾怪責起尼腓，甚至用棒打他。即使天使前來制止，拉曼、雷米爾仍舊表現出不願「跨過去」的疑慮心情：「主怎麼可能把拉班交在我們手中

呢？看啊，他是一個強有力的人，他能指揮五十人，是的，他甚至能殺死五十人；那麼為何不能殺死我們呢？」再一次，尼腓邀請兩位哥哥：「面對溝，你有跨過去的決心嗎？」他說：「讓我們再上耶路撒冷去，讓我們忠信地遵守主的誡命；因為看啊，祂既然比整個大地強大，怎麼不會強過拉班和他的五十人，是的，甚至他的幾萬人？」尼腓更引述以色列人離開埃及的經歷，表明「溝」之必能「跨過」「讓我們像摩西一樣堅強；他確曾對紅海的水說話，水就向兩旁分開，而我們的祖先在乾地上通過，脫離了囚禁」。如是者，儘管仍不情不願，拉曼和雷米爾還是再一次跟著尼腓，抵達耶路撒冷的城牆……

　　取回祖先的紀錄後，李海一家繼續在曠野生活，一晃眼，八年過去，他們來到盛產野蜜和果子的滿地富，並看見大海。神賜予尼腓一項啟示：「你必須照我向你顯示的方式造一艘船，好讓我帶你的人渡過大水。」當尼腓動工建船時，他的兄長又來冷嘲熱諷：「我們的弟弟是個呆子，他自以為能造船；是的，他

還以為他能渡過這大水。」尼腓則反駁：「神若命令我做一切事，我必能做到。如果祂命令我對這水說，成為陸地吧，它必成為陸地；只要我這樣說，就必這樣成就。如果主有這麼大的能力，又在人類兒女中行了那麼多奇蹟，難道祂不能指示我造一艘船嗎？」關鍵只是，兄長啊，「面對海，你有上船的意願嗎？」令他的兄長備感羞愧。

　　如前所述，蕭蕭詩裡寫的「面對太陽，我們收起了蠟」典出自希臘神話伊卡洛斯的故事。若果按這一線索理解，尼腓或許是指出了拉曼、雷米爾精神上的惰性。現代商業社會有所謂的「伊卡洛斯悖論」（Icarus Paradox）：伊卡洛斯由於擁有飛行這一奇妙能力，反而導致了他的喪生；企業因為原先所具備的優勢，反而在變動不居的競爭環境中最終失敗。拉曼、雷米爾也是如此，每當神有新的命令，他們總仍想著昔日在耶路撒冷的財富，不願改變「飛行」的高度、角度。〈尼腓一書〉十七章記載他們抱怨說：「我們本來可以享用我們的財產和繼承的土地，是

的，我們本來可以快快樂樂。」尼腓卻明確表示，幸好「我們收起了蠟」，作出改變——事實上，耶路撒冷即將被巴比倫攻陷，「如果我們仍留在耶路撒冷，我們也會滅亡」，根本談不上享受那兒的財產。

「面對太陽」的「太陽」，在《聖經》（*Holy Bible*）和《摩爾門經》裡也有特殊的象徵。〈馬太福音〉（"Gospel of Matthew"）十三章裡，耶穌（Jesus Christ）說落在土淺石頭地上的種子，「日頭出來一曬，因為沒有根，就枯乾了」，用以比喻人歡歡喜喜地聽道，但「只因心裡沒有根，不過是暫時的，及至為道遭了患難，或是受了逼迫，立刻就跌倒了」——依此推論，「日頭」（太陽）所喻的乃是「患難」。這在《摩爾門經》的〈阿爾瑪書〉（"Book of Alma"）裡同樣適用。該篇在提及信心需要護養時，曾以種樹為喻，說：「如果你們疏忽那棵樹，沒有想到要加以培植，看啊，它就一點也不生根；因為沒有根，太陽的熱氣一曬，樹就枯萎了」。但是，細心思考，若無「太陽」，植物又該如何生長？所以說，患

難是把雙刃劍，既能使人挫敗，也能使人成長，問題是如何藉神的力量克勝挑戰。尼腓「面對太陽」，情願步入患難之中，卻時刻聆聽神的指引，得到幫助，如同「收起了蠟」，不致死亡，所以精神上持續成長。他也邀請拉曼、雷米爾像自己一樣地做：「你們不要以為只有我和我父親才見證並教導這些事。因此，如果你們服從誡命，並且持守到底，你們必在末日得救。」鼓勵兄長在患難中靠主持守。

　　蕭蕭的〈春喜〉最後寫：「面對你，我們鋪展了大地河山」。據《摩爾門經》，尼腓一家到達應許地後，即開始耕地、播種，由於土地肥沃，氣候適宜，「種子長得非常好」；當他們在應許地的曠野探索時，又「發現森林中有各種可供人使用的野獸，有母牛和公牛，有驢和馬，有山羊和野山羊，以及各種野生動物」，還有「金、銀、銅等各種礦石」，資源豐富，取之不盡。尼腓是很想和兄長（你）一同分享這些來自神的恩賜的，蕭蕭也以這一良好意願收束截句──可是，童話式的美好結局沒有隨物質境遇改善而

出現，拉曼和雷米爾一直仇視尼腓，在父親李海逝世
之後，更變本加厲，想要取尼腓的性命，使後者不得
不避進曠野，與悖逆神的兄長分開居住。

　　把〈春喜〉和〈面對曠野〉合起來看，尼腓一
直勉勵兄長，張手歡迎兄長，拉曼、雷米爾卻不肯改
正，怨恨弟弟，結果失去了大部分的祝福。蕭蕭用
「面對」聯繫兩篇，正透視兩首詩的主題是拉曼、雷
米爾以何種態度「面對」尼腓，尼腓又是以何種態度
「面對」兄長，寫出了「面對」的雙方構成了「對
面」，展示了兩種「截」（對，截句的「截」）然不
同的心境，讓讀者自行取捨。

　　巧妙的是，蕭蕭所「截」出的《摩爾門經》事
跡，本身即具備對於「面對」的思考。尼腓與拉曼、
雷米爾「面對」的是同樣的事情、同樣的處境，但拉
曼、雷米爾一路帶著仇恨，尼腓卻讚歎道：「我們過
著幸福的生活。」當中原因，值得細細思考。

　　「截句」這種體裁規定詩的行數為四行之內，有
時是從長篇之作截取數行，構成新作；但蕭蕭這番另

闢蹊徑，兩篇截句嶺斷雲連，分讀可，合觀亦可，由截句的「截長變短」化成「併短為長」。或問：如果兩首合而為一，新的篇名應叫甚麼？我沿著經文的提示思考，答：〈馬太效應〉。

「凡有的，還要加給他，叫他有餘；凡沒有的，連他所有的，也要奪去。」

# 重新入山的木炭：
## 蘇紹連〈炭的嘆息〉、蕭蕭〈木炭的愛與怨〉「誤讀」

　　蘇紹連（1949- ）〈炭的嘆息〉截取自《時間的背景：蘇紹連詩集》，其時間、其背景，是在古代的中國，寫的是建立功業者未能像范蠡（西元前536-448）般功成身退，最終飛來橫禍，徒自「嘆息」不已。蘇紹連的詩說：

　　　　煙薰我的綠色前世
　　　　今生我竟如此漆黑

　　　　現在，我和已變灰、變白的囚服
　　　　一同躺在冷卻的爐子裡

　　舉例來說，明朝忠臣于謙（1398-1457）曾寫〈詠煤炭〉詩云：「鑿開混沌得烏金，藏蓄陽和意最深。爝火燃回春浩浩，洪爐照破夜沉沉。鼎彝元賴生成力，鐵石猶存死後心。但願蒼生俱飽暖，不辭辛苦出山林。」一股浩然正氣，教人佩，教人敬。結果呢？他在明英宗（朱祁鎮，1427-1464，1436-1449、1457-1464在位）復辟後被誣陷謀逆，遭朝廷斬首棄市，兒子充軍，滿朝文武則為求得寵，都對他口誅筆伐，污其白，毀其節。當于謙下獄之時，看著「變灰、變白的囚服」，回想壯年曾冒著「煙薰」捍衛北京城對抗瓦剌，扶明朝大廈於將傾，挽漢族狂瀾於既倒，歷經過生機蓬勃的「綠色前世」；而今卻含冤受屈命途「漆黑」，待在獄中猶如「躺在冷卻的爐子裡」，他心裡燒過的那團火不知會不會一同「冷卻」呢？

　　于謙大丈夫，也許真「猶存死後心」，能夠做到無怨無恨。但想想李斯（約前284-前208）被殺前的「牽犬東門，豈可得乎」、陸機（261-303）受戮前的「華亭鶴唳，豈可復聞乎」，揆諸史實，還是有功名

心切的「炭」後悔未急流勇退，以致在「囚服」加身時發出無邊「嘆息」的。蕭蕭〈木炭的愛與怨〉於是另行設想，寫出鳶飛戾天者功高而後退隱的情況：

　　木炭裡曾經有的蒼翠與露珠
　　如今去了何處？
　　鳥鳴山更幽的鳥呢？

　　──鳥喉嚨裡的火一直在炭身內憤怒

　　清人華毓榮嘗作〈北禪寺〉詩：「空門閉蒼翠，坐對寒山暮。僧定落花深，鳥散清鐘度。瑟瑟聞殘荷，微微滴秋露。眾籟寂不喧，悠然愜吾素。」謂在「蒼翠」、「秋露」圍繞之下，頗感自在。蕭蕭截句詩裡重新入山的「木炭」，亦「曾經」有著「蒼翠與露珠」的情懷，嚮往著「悠然愜吾素」的生活情景。

　　可是，人能憧憬出世，但到真的遠離塵俗，能否稱心，就又是另一故事了。蕭蕭的「木炭」即自云：

曾經的心境，「如今去了何處？」嘿，早已經消失得
無影無蹤了。

　　第三行的「鳥鳴山更幽」，原出南朝王籍傳世之
作〈入若邪溪詩〉：「艅艎何泛泛，空水共悠悠。陰
霞生遠岫，陽景逐回流。蟬噪林逾靜，鳥鳴山更幽。
此地動歸念，長年悲倦遊。」所謂「悲倦遊」，意思
是對世間爭逐感到厭倦，有歸隱山林之願。然而蕭蕭
反用該典，變成「鳥鳴山更幽的鳥呢？」直道使山中
生活變得清幽可喜的鳥鳴並不存在──「木炭」那火
般熾烈的「宦遊」欲望，實際上從未減卻半分。

　　所以，鳥鳴傳來，「木炭」何止不能興起「山更
幽」的念頭，更會怨其聒耳，怒其絮煩。宋朝王安石
（1021-86）早有〈老樹〉詩說：「古詩鳥鳴山更幽，
我念不若鳴聲收。」責怪起山中鳥的鳴聲吵雜來。在
蕭蕭的「木炭」那兒，鳥鳴甚至是「喉嚨裡的火」，
令其燃起對紅塵的萬般不捨，難以忍受，乃至激出其
「身內憤怒」，深深埋怨起隱居的選擇來。

　　明人朱之蕃（　?-1624）〈木炭〉的後兩聯說：

「炙手何勞爭倚附，熏心喜見息風煙。烏金聲實真相稱，不朽精神藉火傳。」蕭蕭的「木炭」假裝對世間名利「冷」淡，實則放不下對勢位的「熱」衷，其「藉火傳」達的，似乎並非高蹈的「不朽精神」，而是「不朽」之功業。

　　木炭本來就是外冷、內熱，與蕭蕭筆下人格化的「木炭」形象深相契合；詩題的「愛與怨」，亦準確對應了「木炭」於隱逸的憧憬與後悔。另外，短短四行詩，蕭蕭或正或反，巧妙穿插華毓榮、王籍、朱之蕃詩，引發對話、聯想，也擴展了詩的可能，令截句不因小而窄仄──或者說，蕭蕭寫截句，同時也截取了華、王、朱等人之句。

　　「如今去了何處？」最能對應「木炭」心情的，大概是南宋道教代表人物白玉蟾（1194-1229）的這兩句：「冠蓋如雲自來往，如今何處有神仙！」不羨神仙，只羨冠蓋，「烈火焚燒若等閒」啊！

# 與歷史對話，在6度C的霜巖裡：
## 蕭蕭〈期與未期〉「誤讀」

　　寫詩懷念古人，可以用上現代詞彙嗎？預「期」之中，確是不可，但「未期」的可，則是突破。蕭蕭的〈期與未期〉，正正是糅合古今之作，藉四行截句追懷殉國的南宋丞相文天祥（1236-83）：

　　　　我仍然守住6度C的霜巖
　　　　燕子卻已飛向南方淡藍的天

　　　　花芭吐露紅唇
　　　　香息招引　敏銳的鼻與靈魂

　　1283年1月9日，文天祥在大都從容就義，死前尚且向南宋京師臨安方向叩拜，「仍然守住」寒風中

　　奄奄一息的宋室尊嚴。「霜」與刑場放在一起，自然令人聯想到雜劇《竇娥冤》，但回溯「飛霜六月因鄒衍」的典故，「霜」所象徵的，乃是一片忠心，自與文天祥對應；當初文天祥率師救駕，曾作〈揚州城下賦〉：「黯雲霜霧暗扶桑，半壁東南盡雪霜。壯氣不隨天地變，笑騎飛鶴入維揚。」然則「守住霜」，又即守住保衛南宋朝廷的丹心。明代莊㬊就以歷盡冰「霜」為文天祥的標誌，寫詩謂：「嗚呼此樹百鍊鋼，數千萬變冰與霜。忠臣義士我所拜，山中萬古文天祥。」

　　至於「守住巖」則更易理解。岩石堅固，以之比喻忠臣心志，自屬匹儔。文天祥逝世前一年曾寫〈壬午〉詩云：「此志已溝壑，餘命終巖牆。」表示必死決心，絕不屈節事敵。《孟子・盡心》有言：「莫非命也，順受其正，是故知命者不立乎巖牆之下。」但文天祥既以為國犧牲為正命，乃敢於患有所不避，有志殞於即將傾倒之牆下，與南宋同亡。

　　略作補充，「6度C」即氣溫攝氏六度，頗寒冷，

然而大都應更低溫；如果說是南方，例如文天祥被捕的海豐一帶之溫度，則甚為合理。放在詩中，表示文天祥持守住在南方頑抗敵人時的氣節、立場。不過，有心殺賊，無力回天，緊接的第二句文天祥便承認：「燕子卻已飛向南方淡藍的天」。「燕」代表北方敵人，儘管有文天祥等忠臣維護宋室，「燕子」還是如「飛」掩至，突襲得手，生擒天祥，大事去矣……

　　回到大都法場。即將頭顱擲處血斑斑，文天祥依然從容鎮定。和尚手攀藤枝，懸於崖上，上有老虎，下有猛獅，中有黑白二鼠啃咬藤枝，和尚仍無妨伸手拈蜜糖吃。文天祥亦如此，開始感受起周圍的美善來：「花苞吐露紅唇／香息招引　敏銳的鼻與靈魂」。天祥曾謂：「梅花耐寒白如玉，干涉春風紅更黃。若為司花示薄罰，到底不能磨滅香。」而今他雖受刑而亡，但必名傳後世，代有餘香，所謂「留取丹心照汗青」，自不必戚戚於一身之有無！

　　又或者，即使寒風依舊，「花苞」仍可綻放生命氣息，這是實景，同時象徵著：蒙元雖強，華夏豈

不能復興？花「香」的消「息」，正刺激文天祥「敏
銳的鼻與靈魂」──蕭蕭筆下，他已預示漢族的再次
振興，歡然於心。文天祥寫「鼻」的詩：「我方鼾鼻
睡，逍遙夢帝鄉。百年一大夢，所歷皆黃粱。死生已
勘破，身世如遺忘。雄雞叫東白，漸聞語聲揚。論言
苦飄蕩，形勢猶倉黃。起來立泥塗，一笑褰衣裳。遺
書宛在架，吾道終未亡。」在自身是勘破生死，在家
國是吾道不衰，在刑場上，自可豁然！

　　最後說說詩題「期與未期」。「期」是預期之
內，文天祥視死如歸，早知死之不可免；「未期」是
意料之外，如「花苞」「香息」，可說是殉國前的美
麗相逢，予人驚喜。再在文天祥詩中找線索，則他有
與宋室之「期」：「鐵石心存無鏡變，君臣義重與天
期。」亦也知世事之「不期」：「榮悴紛紛未可期，
夕多未振已朝披。」「期與未期」的遇合，便是天祥
在北方的所感，其〈己卯十月一日至燕越五日罹狴犴
有感而賦（其三）〉謂：「心期耿耿浮雲上，身事悠
悠落日西。千古興亡何限錯，百年生死本來齊。」悲

壯跌宕，匯流於截句之內，涵意何深！

　　花苞吐露紅唇，香息正待招引敏銳的鼻與靈魂
──文本透出部分訊息，仍需讀者留意細節。讀者有
時有「期」待中的反應，有時也有「未期」的詮解，
「期與未期」，又是作者與讀者的無盡對話。

# 三島研討會：
## 蕭蕭〈穀雨前〉「誤讀」

　　蕭蕭截句詩〈穀雨前〉，配圖是一幅斷木相疊的畫面：

　　　　八百歲的木頭
　　　　聚在一起
　　　　他們不再爭辯
　　　　春天好過夏天

　　卡夫（杜文賢，1960- ）回應：「他們的人生早已沒有春天，只希望能一直留在夏天，其實卻是身在秋天等著冬天來的那刻。」擬人化的木頭已經衰老，從前常爭論春天、夏天哪個好，現在卻迫於進入日暮窮途的階段，步向嚴冬，了無生氣，遂覺得春夏的光

陰其實都是不錯的，便默然「不再爭辯」。

　　白靈（莊祖煌，1951- ）則說：「歲月再長，與土地終有一別。如今裸身相疊，春汗即夏雨。」指出樹木存活再久，終於還是斷了土地的根，變成無生命氣息的木頭；木頭疊在一起，赤身而來，赤身而逝，不同的來歷卻有一樣的下場，可見萬物亦殊途同歸──既然如此，「春汗即夏雨」，躍馬臥龍皆夢事，春夏優劣，又有何好辯？

　　蕭蕭回覆白靈：「春汗即夏雨／秋月淡白得像冬季的陽光」。春夏、秋冬的相似既呼應白靈「殊途同歸」的觀念，冬陽暗淡，也合於卡夫「日暮途窮」的說法。當然，冬季也有陽光，四時持續更替──木頭與土地一別後，或許還能作為養分滋潤土地，化春泥而護花，令生命重新發旺。

　　我弟弟引用《莊子‧逍遙遊》，參與討論：「『上古有大椿者，以八千歲為春，八千歲為秋。』八百歲的木頭從前很愛爭辯春天比夏天好，可是他們都太短命了，僅存活八百年，便被人『請給我木頭』

掉;生命中只有過八千歲『春』的一小部分,更不用說
入『夏』了。沒有『夏』的經歷,那麼,還辯甚麼?

「話說回來,有些樹被砍下來,成為木頭,就是
因為太愛辯。《莊子‧知北遊》謂:『明見無值,辯
不若默。』道不容辯,辯即不得道。不得道,不知無
用之用,又豈能不夭斤斧呢?」我想起「至則不論,
論則不至」。

我弟弟歸,趕在穀雨之前,做了一場夢──

八百歲木頭A:欸,說個笑話你聽。

我弟:幹嘛?

八百歲木頭B:(指木頭A)我們聚在一起八百年
了是不?

我弟:是啊……

木頭A:所以我們不用再爭辯春天好過夏天了。

我弟:嘎,為甚麼?

木頭B:我們是「八佰伴」,春夏季時裝一起賣
的喇!

我弟醒來,問我對〈穀雨前〉的看法時,我正

翻閱三島由紀夫（MISHIMA Yukio, 1925-70）的《憂
國》。我說：「白靈住在臺灣，卡夫來自新加坡，你
和我寓居香港，正好算是『三島』。

　「三島由紀夫寫過一篇小說〈牡丹〉──牡丹
又名『穀雨花』──小說寫一名老翁培植了數百株牡
丹，以象徵年輕時殘殺的中國姑娘。老翁並非懺悔，
而是以審美的眼光重溫刀劍下的紅艷。白靈有不少譴
責日軍侵華的詩篇，讀到這，應該要翻桌子的[1]。

　「三島由紀夫就是如此謳歌讚歎軍國主義的狂
人，其下場大家都熟悉的。1970年11月25日，三島由
紀夫挾持日本陸上自衛隊東部總監，迫令現場八百名
自衛官聽他演說。三島聲音激昂，但聽者是『八百木
頭』[2]，人人無動於中，『聚在一起』吵吵雜雜的，
甚至傳出訕笑。三島不得不腰斬演講，只說了七分
鐘，就離場切腹──偏偏替他介錯的人連砍數次，都

---

[1]　針對日本人的入侵，白靈確曾寫過〈爸爸，整個中國容不下一
　　張安靜的書桌〉。

[2]　或「八百歲木頭」，比喻他們精神已老，不似三島由紀夫激情。

沒能劈下三島頭顱，延長了狂人死前的痛苦，想想都
可怕。

　　「但『八百木頭』就是群樂呵呵的看客，他們像
觀賞『穀雨花』一般審視著三島的悲喜劇。十一月的
天氣當然已經很涼快──『八百木頭』決定『不再爭
辯／春天好過夏天』，因為最有趣的事情，發生在秋
冬之交……

　　「魯迅（周樟壽，1881-1936）總希望看客能肅
然不笑。但對軍國主義，我相信，還是笑比不笑要
好。」

# 帝子歌：
## 白靈截句詩〈魚跳〉「誤讀」

　　白靈寫截句，喜歡提到「魚」，例如〈冬夜觀星〉：「游天的雲都說自己是宇宙神仙魚」；〈回到漣漪的中心〉：「魚眼閃過賊影，分明那冤家……」；〈總有這個時候〉：「被挖鰓去臉的　一尾魚」；〈詩是一桿釣海〉：「從未命名的魚裂嘴而笑」，等等。特別涉及「苦花魚」的，即有兩首：〈截句──關於行數兼答友人〉謂「苦花魚亮個身又讀矽藻去了」，〈漁光歲月──坪林所見〉則說「溪底苦花魚以螢火不停揮手」。彈鋏而歌的白靈，詩中似不可無魚。

　　整首截句詩都寫「魚」的，可以舉〈魚跳〉為例：

　　　　整條河伸出手都抓不到的
　　　　奮力之一閃，躍離了水面

才一秒，就有一光年那麼遠

落回時，響聲濕了誰的眼眸？

　　白靈在首兩行具體寫「魚跳」的情景：魚兒自水中躍出，浪波即或上湧如「伸出手」來，也「抓」不住活力充沛的魚；「奮力之一閃」後，魚兒的身影就「離了水面」，顯得十分靈活。白靈的散文詩〈飛魚〉亦曾寫過：「海弓起背時，一隻飛魚開鎗將自己射出，鰭展成翅，拚命揮──魚蝦瞪眼，浪花扼腕，抖開水抖開海。」寫魚彈跳出水，歷歷在目。

　　〈飛魚〉的主角無法久留空中，白靈續道：「但才幾秒鐘，飛魚就將自己射出三百公尺那麼遠，卜的一聲，射進大海的胸膛。」轉瞬間又墜了下來。〈魚跳〉亦如是，那魚兒也不能一直騰空。但僅僅「才一秒」，牠打破現狀的嘗試就令人看得出神，徘徊尋索，以致讓白靈的思緒飛到「一光年那麼遠」。

　　這裡插一筆：「截句」的原意是從舊作截取行句，加以翻新。白靈的〈魚跳〉不直接摘用〈飛魚〉詩行，卻屢屢與前作相對，截其意不盡截其辭，這或許也是「截句詩」擴充意涵的一條路徑。

　　回到文本，〈魚跳〉的最後一行分節，提出問題：「落回時，響聲濕了誰的眼眸？」如果把它視為開放式的謎題，答案任憑讀者聯想，那也不錯，可以拓闊詮釋空間，甚至增加讀者的代入感。但細緻鉤沉，發掘原初的意圖，對理解白靈此作還是別具意義的。

　　白靈的「截句」觀念與唐詩有所聯繫，其〈截句的原因〉亦是複寫、改寫杜牧的〈宮詞二首（其二）〉。〈魚跳〉所涉的，則是「詩鬼」李賀（790-816）的〈李憑箜篌引〉：「老魚跳波瘦蛟舞。」「老魚跳波」典出《荀子・勸學》：「昔者瓠巴鼓瑟，而流魚出聽」；《淮南子・說山訓》亦謂：「瓠巴鼓瑟，淫魚出聽」，高誘（？-212後）注云：「瓠

　　巴，楚人也，善鼓瑟，淫魚喜音，出頭於水而聽之。」[1]到了李賀（以及寫〈魚跳〉的白靈），魚就不止「出頭於水」，而是要躍出波濤。

　　白靈〈魚跳〉的「魚」為「老魚」，年紀不輕，因此才需「奮力」而跳；跳的原因，則為聆聽優美的樂音，為藝術所吸引。那麼「整條河伸出手都抓不到的」，就不僅僅是「魚」，更指藝術的躍動；而絕妙樂音帶來的震撼，確實「才一秒」，便能使受眾的思緒飛到「一光年那麼遠」，心中開出宇宙之花，且迴盪不息。

　　到「落回」時，那「響聲濕了誰的眼眸」？按李賀〈李憑箜篌引〉，答案是寒兔：先是「芙蓉泣露香蘭笑」，樂音低迴如芙蓉在露水中飲泣，然後是「露腳斜飛濕寒兔」，灑落的露水把兔子的眼眸弄濕。兔子的眼睛本不會分泌淚水（所以現代的化妝品才會選擇白兔來進行測試），但李賀、白靈筆下的藝術卻能

---

1　　《列子‧湯問》有「瓠巴鼓琴而鳥舞魚躍」之語，唯該篇疑為偽作。

使之有淚意，從而凸顯出樂音之感人。

　　李賀是親身在長安聽著「李憑中國彈箜篌」的，白靈則更似是寄託一種理想、一種追求。老魚「奮力之一閃，躍離了水面」，能夠影響深遠，打動眾人；白靈從大學專任的教職退休後，所帶領的詩學運動又能否保持活力，突破現狀，產生更廣泛的影響呢？「一秒」的離水，短短的「截句」，在白靈心中，是同樣足以帶來「一光年那麼遠」的感動的，儘管「整條河伸出手」，都攔阻不住。

　　在白靈另一首截句詩〈你如何推開詩〉裡，他寫道：「毛毛蟲如何推開牠的毛／霧非風　如何推開飄／魚推開得了水嗎／笑非喉該如何推開　笑聲」。按白靈本意，詩「遍在於彼眾看不見的星球上」，故詩是人無法「推開」、不能遠離的。這裡單取「魚推開得了水嗎」發揮──魚是無法推開水的，正如〈魚跳〉的老魚「躍離了水面」，但最終必「落回」；詩的運動也如是，開初極富生命力，久了也就變成常態，需要引入陌生化（奇異化）的觀念，再度注入活

截竹**為筒**<sub>作</sub>**笛**吹

力。詩人鼓動小詩風潮，不必畢其功於一役，只要持續「奮力」，「一秒」也可與永恆較量。

# 紫縧銀帶埋塵沙：
## 秀實截句詩「誤讀」

　　在可視光譜中，紫色的波長最短，秀實（梁新榮，1954- ）因而以「紫色習作」指稱自己的截句詩篇。如我在析讀《三昧》時所言，秀實對南北朝的歷史情有獨鍾，他的不少截句詩都與該時期的大小事有關。這裡取秀實刻意編定的「四行詩10首」（Ten Quatrains）其中七篇為例，述其含義。

　　〈絨線球〉：

　　　　如一捆糾纏不清的絨線球找不出頭緒和結束
　　　　在這個時日裡，只能以遷徙來詮釋孤單
　　　　今晚雨水終於沾濕了欄柵外的街道
　　　　我困在這絨線球內，看不出那袖子和衣領的未來

　　被追尊為神武帝的高歡（496-547），事實上是
北齊政權的奠基者。他為了測試幾個兒子的識見，就
交給他們每人「一捆糾纏不清的絨線球」。當兄弟
們仍在「找不出頭緒和結束」時，高洋（齊文宣帝，
526-59，550-59在位）就已抽出刀來，把亂絲斬斷，
說：「亂者須斬。」得到高歡的讚賞。但高洋並不因
得到父親肯定而全然順遂，到其兄高澄（521-49）接
掌大權的「時日」，高洋不得不裝作顢頇無能，連話
都不多說，「孤單」地「遷徙」出權力核心；高澄
還不放過他，摸上門來，輕薄高洋之妻李祖娥（？-
581後），「雨水終於沾濕了欄柵外的街道」，玷辱
了弟婦。終日沉默的高洋困處府第之中，如「困在這
絨線球內」，內心懼怕著兄長隨時「快刀斬亂麻」，
殺害自己。那時候，他真「看不出那袖子和衣領的未
來」，兩袖清風，不得要領，對前途深感不安。
　　〈汕尾〉：

　　又看到那彎曲的港灣和歸航了的漁船

　　尋覓最後一隻落拓的季候鳥漂飛在湖上

　　才發覺所有的話語，都是瞞騙年節的炮仗聲

　　今夜大海是沉默的因為肯德基先生的喧嘩

　　秀實在此詩用了一些現代詞彙，寫的卻是北齊後
主高緯（556-77，565-77在位）的經歷。高緯耽於逸
樂，不理朝政，國勢日頹；當遭到北周攻伐時，軍事
上他又措置失當，以致周人連陷平陽、晉陽、鄴城，
高緯只得逃往靠近「彎曲的港灣」、能看見「歸航了
的漁船」的東方。他跑到青州後，對反攻復國已感絕
望，竟打算像「落拓的季候鳥」般渡過長江，「漂
飛」在南方的「湖上」，投靠從前的敵人陳朝。

　　詩第三行的「炮仗」應為「爆竹」[1]，梁朝的
《荊楚歲時記》曾記載人們於正月一日「庭前爆竹，
一辟山臊野鬼」的習俗，而高緯逃離首都鄴城時適逢
正月，他期望爆竹一聲除舊歲，能夠驅走霉氣、敵

---

[1]　做法是燃燒竹節，使竹腔內的空氣膨脹，然後竹身便會爆裂並
　　發出聲響。

軍，卻可憐兮兮地「發覺」這種說法只是「瞞騙」
——今夜連大海也「沉默」，身為帝王的高緯亦俯首
噤聲，只因敵人「喧嘩」著殺到，高緯未及南遁，即
在青州被北周逮捕。「肯德基」是秀實設的小小謎題
——捉住高緯的將軍名叫尉遲勤（？-580後），粵語
諧音Right Chicken，正合肯德基餐廳的標語：We do
chicken right。

〈私語〉：

　　燈火華麗，焚燒著孤寂的餘燼
　　流星劃過夜空殞落了所有的明天
　　貼耳私語在訴說著這個飄泊不止的城市
　　牆角的暗影中一頭假寐的黑貓

這首詩含義極豐，可對應諸葛亮（181-234）、
陳後主（陳叔寶，553-604，582-89在位）、唐玄宗
（李隆基，685-762，712-56在位）等人的事跡，唯若
涉及北朝，則當指洛陽的敗落而言。北魏孝文帝（元

宏，467-99，471-99在位）銳意漢化，將首都遷往洛陽，洛陽的經濟繁榮，「燈火華麗」，叫人印象難忘。可是遭逢亂世，北魏分裂，在東方秉政的高歡考慮到洛陽不易防範盤踞關中、居高臨下的西魏，於是另以鄴城為都，並將洛陽百姓、物資大量東移，洛陽漸變荒蕪。

更嚴重的，是西魏、東魏交戰，洛陽位在前線，成為「飄泊不止的城市」，控制權幾番易手，最後乃毀於軍隊的肆意縱火中。洛陽——這座東周、東漢、曹魏、西晉、北魏的帝都竟就此「焚燒著孤寂的餘燼」，「殞落了所有的明天」，故址被永久廢棄。「流星」墜落「夜空」，「黑貓」嵌進「牆角」[2]，這些與死相聯的不祥意象，一同為洛陽送葬。

〈秋節〉：

一個房子中的窗戶逐漸黯淡而我還沒有回來

---

[2]　黑貓被封進牆角，這是埃德加・愛・倫坡（Edgar Allan Poe, 1809-49）著名的小說橋段。

秋節卻來臨了，連一株蘆花都有了天涯的蒼茫
說不出來的是當涼風在深宵的窗外刮起
你卻流落在無人的街道上且背叛了整個城市不
滅的燈火

　　愛詩人可以拿春秋時期伍子胥（？-前484）逃亡
的故事對讀，而秀實隱指的似是魏孝武帝元修（510-
35，532-35在位）出逃的故事。高歡掌握北魏實權，
由於老巢在晉陽，加之關中未穩，因此並沒有親駐洛
陽。沒想到永熙三年（534），元修與高歡決裂，高
歡率師南下，但「還沒有回來」，「秋節」時元修就
已「背叛了整個城市不滅的燈火」，與親信逃離京
師，後更棄軍先遁，穿越「無人的街道」，投奔主宰
西方的宇文泰（507-56）去。高歡本來視元修為一株
隨時可折斷的「蘆葦」，此刻元修卻成為了「天涯」
外政敵的籌碼，東西魏自此分裂。失算的高歡獨對
「涼風在深宵的窗外刮起」，感到「說不出來的」刺
骨之寒。沒錯啊！宇文泰便是那涼風，終將要吹滅高

氏的「燈火」[3]。

〈流星〉：

當黑衣的使者抵達彼岸時樂園的燈火正熾熱地
焚燒
遊人臉上迷醉，在不老的預言中狂歌嘶叫
灰雲背後的天使患病了掉落魔法棒上的星子
而我躺在藍鯨脊上，隱沒了的海平線上有流星
呼嘯

南北朝時期，讖語說「亡高者黑衣」，宇文氏
於是尚黑，戰甲軍旗亦一律黑色，令齊文宣帝高洋嘆
息：「黑衣非我所制。」竟致取消西征。讖語說「黑
衣臨天位」，梁武帝蕭衍（464-549，502-49在位）於
是日益傾心釋教，穿起僧侶的「黑衣」，化身佛門天

---

[3]　秀實寫「蘆葦」與「燈火」，這一組合出自〈以賽亞書〉
（"Book of Isaiah"）：「壓傷的蘆葦，他不折斷；將殘的燈
火，他不吹滅。」隱藏經典，增添閱讀的發掘之趣。

子。最後，讖語說：「黑衣作天子。」與佛門淵源頗
深的楊堅（隋文帝，541-604，581-604在位）出而篡
周[4]，並將包舉宇內，南下滅陳。秀實詩所謂「黑衣的
使者」，即《隋書》所載的南征諸將：「晉王廣出六
合，秦王俊出襄陽，清河公楊素出信州，荊州刺史劉
仁恩出江陵，宜陽公王世積出蘄春，新義公韓擒虎出
廬江，襄邑公賀若弼出吳州，落叢公燕榮出東海，合
總管九十，兵五十一萬八千」，人數眾多，已經「抵
達」作戰前線，隨時進攻「彼岸」。

　　彼岸，陳朝皇帝陳叔寶卻自恃有天險可憑，聽信
佞臣孔範（？-589後）那似乎「不老的預言」：「長
江天塹，古來限隔，虜軍豈能飛度？」而依舊無憂無
慮地做著個快樂的「遊人」，以為能永過其醉生夢死
的好日子──宮廷如「樂園」，後主「狂歌」，群臣
「嘶叫」，裝飾的「燈火」、慾望的「燈火」，都
「正熾熱地焚燒」。結果戰爭爆發，陳叔寶視為「天

---

[4]　楊堅小字那羅延，即為梵語，意謂「金剛不壞」。

使」的孔範如「患病」般表現失常，連累陳軍主力潰敗，「掉落魔法棒上的星子」，無法再創造任何奇跡；隋將韓擒虎（538-92）則迅雷不及掩耳地攻下姑蘇、新林，並以僅僅五百兵直入朱雀航，佔領了南朝帝都、仍然詩酒宴樂的建康。當時總制隋軍的晉王楊廣（隋煬帝，569-618，604-18在位）幾乎只是「躺」著，就已「鯨」吞掉整個江南，把帝國版圖擴展至能夠飽覽東南的「海平線」。靠著韓擒虎可以倚靠的「脊」，楊廣的聲望達至頂峰，在海平線「隱沒」的夜裡，仍猶似一顆「流星」，高聲「呼嘯」。

〈叛徒〉：

在白茫茫的雲間俯瞰連綿不盡的凡塵與蒼生
沒有了前生如赤裸的身軀只剩欲念的存在
此時妳降臨了，以五花八門的前奏
我是唯一的信眾，也將是把妳推翻的叛徒


這首詩常有雙關義，主角是北齊武成帝高湛

（538-69，561-65在位）。高湛登上帝位，凌駕臣
民，置身在「白茫茫的雲間」卑視「凡塵與蒼生」，
對於造福人民、建設國家，全無興趣[5]。「連綿不盡的
凡塵與蒼生」另一意思是：他已是繼高澄、高洋、高
演（齊孝昭帝，535-61，560-61在位）三位兄長後執
掌大權的高歡之子，在「連綿不盡」的兄弟相爭裡，
他深感世間無常，「凡塵與蒼生」每多變故，因而醉
心及時行樂。

　　在未得大柄的「前生」，高湛也曾受眾兄長制
約，此刻束縛「沒有了」、解除了，他「赤裸的身軀
只剩欲念的存在」，任情地過起色慾橫流的生活。他
首先攻略的對象是李祖娥——李祖娥曾是高湛政敵，
兩者分屬漢族與鮮卑集團，李氏曾以「五花八門」的
方式謀算高湛，兩人的恩怨早有「前奏」。李祖娥在
高殷（北齊廢帝，545-61，559-60在位）為帝時曾晉
升皇太后，但其後高殷被廢，李祖娥又重新「降臨」

---

[5]　高湛其後傳位兒子高緯，而自任太上皇帝，更加放心地享
　　樂，尤其切合「在白茫茫的雲間」這一離地形象。

為后，失去權勢；「降臨」的另一含義，是李祖娥本為高洋皇后，現在卻被迫臣服於作了天子的高洋之弟，二人地位逆轉。

高湛對李祖娥毫不客氣，他自詡是李氏「唯一的信眾」，在隨時可置李氏於死地時，仍傾慕她的美，要她服侍自己。李祖娥本不肯就範，但高湛以李祖娥么子性命作脅，李祖娥只好屈節事仇。「將是把妳推翻的叛徒」共有三層意思：一是高湛在政爭中打垮了李祖娥，自皇太后的位置上將其「推翻」；二是高湛可將李氏「推」倒按「翻」，逞其獸慾；三是高湛全無仁愛，肆意凌虐李氏，及後不但將祖娥么子擊斃，還脫光李氏，把她「推翻」在地，打至半死。

高湛是兄長高洋的「叛徒」，是北齊發展的「叛徒」，甚至乎，可說是善良人性的「叛徒」。秀實此詩，處處多義，確實值得仔細咀嚼。

〈近事〉：

　　纏繞著的那些歲月已換轉了色彩和季節

　　我忘卻了床褥凹陷的形狀與枱燈的亮度

　　當一切都隨風而逝只有埋藏著的心事如落果

　　在烈日下乾枯在潮雨天時滋長如輪迴


　　馮淑妃（馮小憐，？-581後）深受北齊後主高緯
寵愛，國亡後，高緯被北周處決，馮小憐則另賜代王
宇文達（？-580）為妾，其生活尚得保障，甚至有餘
暇玩弄心計，中傷代王妃，使後者差點被殺。楊堅為
篡周作準備，宇文達亦被屠戮，馮小憐於是由朝廷再
配給他人，這次竟選中代王妃的兄長。

　　代王妃家人懷恨在心，視小憐如奴隸，命其穿布
裙舂米。馮小憐回想齊宮生活，當年曾有「纏繞」著
天子的「歲月」——「坐則同席，出則並馬，願得生
死一處」；即使降在代王府，她也仍然受寵，有柔軟
的「床褥」可睡，有宇文達「枱燈的亮度」照護，感
到溫暖。可惜如今「一切都隨風而逝」[6]，「色彩和季

─────────────
6　稍作過度詮釋：「隨風」諧音「隋風」，馮小憐的命運確因隋
　　朝將建而逆轉。「隋」、「隨」互通，見葉煒，〈隋國號小

節」都已「換轉」，一片黯淡，不再讓她春風得意。

　　高緯曾封馮小憐為左皇后，現在這位不被承認的皇后無論「烈日」或「潮雨」，都得繞著石臼舂米，生命「乾枯」、躁鬱「滋長」，「埋藏著的心事」纍纍，如同沉甸甸的果實落地。「輪迴」雙關：一是指馮小憐圍著石臼工作，總不休止；二是指代王妃之母強迫馮小憐自盡，令後者確實進入「輪迴」而去，結束了遭人訕笑的後半生。

　　重整歷史時序，以上七首的順位應為：〈秋節〉（元修出逃）、〈私語〉（洛陽被焚）、〈絨線球〉（高洋潛伏）、〈叛徒〉（高湛辱嫂）、〈汕尾〉（高緯成擒）、〈近事〉（小憐舂米）、〈流星〉（隋朝平陳）。七篇作品如七色彩虹，在光譜上無分短長，共同描繪出南北朝的歷史圖景，連貫地讀，更是富有深度的截句組詩，雖云「習作」，亦屬「史乘」。

---

考〉，《北大史學》11（2005）：210-18。

秀實的「四行詩10首」尚有〈坡平村速寫〉、〈紀念碑〉、〈情人節〉，後兩首不忍解讀，留給愛詩人自行品味。此論寫畢，我可暫時抽離，複習《瑪儂情史》（*Manon Lescaut*）去[7]。

7 本篇題目出自清代胡延（1862-1904）〈北齊宮人鏡歌〉，最後四句云：「汾陰縹緲鳴鸞車，紫絲銀帶埋塵沙。香詞繚綟那忍讀，金鵲飛飛春日斜。」

# 從動漫截出的快樂時光：
## 卡夫截句詩「誤讀」

　　卡夫寄來《卡夫截句》，加上之前我在《臺灣詩學截句選300首》中看到的，大概可以說：卡夫的截句與日本動漫有所聯繫，兩者可以比附合觀。

　　舉例來說，可與《海賊王》（*One Piece*）合讀的，包括〈玫瑰〉和〈為了尋找一條在冬天不會冷凍的河〉。先是〈玫瑰〉：

　　　　讓我緊抱著
　　　　身上就不再有刺
　　　　血流完了
　　　　心還是比妳紅

　　這首最初令我想到《海賊王》裡的女殺手Miss雙

手指（ミス・ダブルフィンガー），可她卻是「荊棘果實」能力者，不是「玫瑰」，所以同作拿玫瑰花的卡文迪許（キャベンディッシュ）比較靠譜。卡文迪許像是玫瑰，外表俊美，底下卻有帶「刺」的人格，一睡著，就會變成不分敵我的嗜殺者，唯有妮可・羅賓（ニコ・ロビン）用果實能力將他「緊抱著」，是唯一在戰場上制住其身體的人。大戰結束，「血流完了」，超愛出風頭的卡文迪許「心」裡一定想：「還是比妳紅」，認為自己比羅賓更出彩吧！

　　〈為了尋找一條在冬天不會冷凍的河〉則與美艷的「海賊女帝」波雅・漢考克（ボア・ハンコック）有關：


　　　左手的刀
　　　　　　刺
　　　　　　右手的掌
　　　　　　　　喝自己的血……

　　為了與最強海賊「白鬍子」決戰，海軍本部徵集包括漢考克在內的所有「王下七武海」趕赴戰場。漢考克卻心高氣傲，不願順從海軍，乃至對前來交涉的海軍中將飛鼠（モモンガ）出手，以「迷戀果實」的能力石化其全部下屬。為了抵抗漢考克的能力，飛鼠唯有「左手取刀／刺／右手的掌」，以流血的痛抑止對女帝的動心。當漢考克說飛鼠已成光杆司令時，飛鼠卻堅持著成為「在冬天不會冷凍的河」，未有失去行動能力，保住其部隊不至全軍覆沒。

　　卡夫不只注視《海賊王》的劇情，也留意與之相關的新聞。〈56歲〉便是寫一位登上報紙的「海賊迷」：

　　　　我的一生　翻來覆去
　　　　逃不出一張手掌之外

　　　　攤開來　千萬條河
　　　　我要在哪裡棄舟上岸

　　2014年6月新聞報導，當時56歲的廣告設計公司老闆鄭國鐘（1958-　）一再收看《海賊王》動畫重播，「翻來覆去／逃不出一張手掌」，還每每看得手舞足蹈。他模仿原作者的「一張手掌」，將鹽埔鄉高朗村小巷民宅的牆壁「攤開」成畫布，繪上了巨幅彩色《海賊王》畫，令動漫中人離海「上岸」，高朗村也迅速走紅。

　　但跟《海賊王》相比，卡夫寫截句詩似乎更喜與《獵人》（HUNTER × HUNTER）連結，例如〈在路上〉：

　　　時間串起所有淚珠
　　　惟詩，方可打結

　　雖然只短短兩行，但無礙熟悉《獵人》的讀者認出「友克鑫篇」的情節。（A）「時間」：在預言詩裡，「幻影旅團」的十二位團員以月份為代號；

（B）「淚珠」：團員窩金（ウボォーギン）被鎖鏈殺手刺穿心臟死亡，團長與其他團員都甚覺悲傷，窩金的好友信長・羽間（ノブナガ＝ハザマ）更是忍不住痛哭落淚；（C）「詩」：團長於是向鎖鏈殺手所屬的黑幫反擊，讓團員大肆屠殺，以槍炮、死者的呻吟為窩金的「安魂曲」，為悲傷「打結」。

〈老兵不死〉這樣寫：

…不需問

……不許問

………不該問


活著只能坐在方格子裡　　　　等


在「嵌合蟻篇」中，主角找尼飛彼多（ネフェルピトー）復仇，沒料到彼多其時正在勞神治療他人，令一心秉持正義的主角內心波動不已。然而，仇不可不報，主角於是制止彼多再多言──「不需問／不許

問／不該問」——限她在十分鐘內治好傷患，自己則
「坐在方格子」的地磚上「等」——這段時間，亦即
彼多仍可「活著」的最後時光。順帶一提，主角是為
朋友凱特（カイト）的死而找彼多麻煩的，凱特卻其
實擁有類似記憶轉生的能力，對應卡夫標題的「老兵
不死」。

　　當主角威壓彼多時，嵌合蟻王的另一護衛梟亞普
夫（シャウアプフ）來到了現場。可是，彼多卻要求
普夫別再近前，以免主角出手殺害傷患；普夫不解，
猶想另有舉動，主角已命令他閉嘴，不准再前進一
步，亦不可後退一步，要普夫就這樣立在原地。卡夫
在一行的〈時間坐在時間裡忘記時間〉記道：

　　　不可擅越，一步即成孤獨

　　是啊，一旦因為普夫而使傷患死去，嵌合蟻王
必定怪罪下來，而崇愛蟻王至不能自拔的普夫屆時必
「孤獨」欲絕；不說那麼遠，普夫胡亂出手，要面對

彼多的制約、主角的反擊，情勢也是「孤獨」的。

　　嵌合蟻討伐戰結束後，《獵人》的主角終於得見他尋覓多時的父親。尋覓父親本是冒險故事，也是動漫作品的老套，而《獵人》罕有地讓主角子父在情節發展的中段相認，讓主角拾回從未親歷過的親情，場面頗為感人。難怪卡夫讀時也熱淚縱橫，〈後來〉說：

　　爸！爸！

　　窗外的風雨　　應聲離去
　　我放下筆，淚流成行

　　大戰的「風雨」到此時煙消雲散，獵人協會會長和蟻王、彼多等重要角色之死固然震撼，但卡夫只記住主角父子碰頭的一幕幕，感動得筆也放下，只顧流淚。是啊，卡夫詩人，也是個爸爸。

　　卡夫的截句詩除扣合《海賊王》和《獵人》外，

亦與其他動漫作品存著關聯，如〈瞄〉即可與《Code Geass 反叛的魯路修》（『コードギアス 反逆のルルーシュ』）合讀：

　　右眼是一顆子彈
　　上膛了

　　一個一個一個一個
　　倒地了

　　男主角魯路修‧Vi‧不列顛尼亞（ルルーシュ‧ヴィ‧ブリタニア）與C.C.（シー‧ツー）訂立契約，得到了GEASS的力量，只要直視對方眼睛，就能下達對方必須絕對遵從的命令。魯路修第一次使用該能力，便是吩咐威脅自己的軍人舉槍自盡，讓他們在「子彈」的打擊下，「一個一個一個一個／倒地了」。不過，魯路修最初用的其實是「左眼」，到後來才一併開啟了「右眼」的能力。

卡夫的〈仙人掌〉則是與我很喜歡的《隱之王》
（『隱の王』）扣連甚緊：

如排列的墓碑　注定蒼涼

不死是天生的悲哀
堅強是硬撐的謊言

你是世上最後的誓言

這四行其實都可統合在漫畫版六条壬晴（ろくじ
ょう みはる）與宵風（よいて）的故事裡，但仔細
看，每行各有可對應的動畫細節：（Ａ）清水家因內
鬥而近乎全滅，成排「墓碑」，最後加入反叛「灰狼
眾」而死的清水雷光（しみず らいこう），再無男性
遺留，注定「蒼涼」；（Ｂ）相澤虹一（あいざわ こ
ういち）和黑岡野詩縞（くろおかの しじま）被秘
術「森羅萬象」奪去了「死」，因而自江戶時期存活

至今，最大願望是結束「不死」的「悲哀」；（C）
老師封印了十年前「森羅萬象」爭奪戰的記憶，不告
訴壬晴任何細節，只一味吩咐後者不可發動「森羅萬
象」，令無端陷入各方爭逐、為殺戮所驚嚇的壬晴直
接表示「堅強是硬撐的謊言」，無法再接受老師的規
劃；（D）壬晴和老師愈走愈遠，更由於他與宵風互
訂「誓言」──趕在宵風死去之前，壬晴要能夠使用
「森羅萬象」，以抹消宵風存在的痕跡。動畫中人追
逐「森羅萬象」，卡夫選取的情節也星羅棋布。

　　《卡夫截句》的「輯三」收有兩首組詩──〈髮
的紀事〉及〈香港高樓〉。〈香港高樓〉我已「誤
讀」過了，這裡補充我對〈髮的紀事〉的看法。愚以
為，〈髮的紀事〉應該取材自卡夫尤其重視的《獵
人》。第一章「髮的印象」謂：

　　纏住那等待釋放的眼睛
　　風裡　把我
　　盪來

盪去

　　詩人所描摹的，是一位名叫龐姆・西貝利亞（パーム＝シベリア）的角色。她一頭凌亂的長髮「纏住」整張臉，瘦削身形彷彿在風裡「盪來／盪去」，形象恐怖，看見的人難免感到害怕。她的特別能力是「寂寞深海魚」，發動時額上會多了隻「等待釋放的眼睛」，通過它，即可隨時觀察目標對象。

　　組詩第二章「髮之戀」謂：

　　　路　越走越蕩漾
　　　站著　也很淫蕩
　　　妳不在乎
　　　任我香氣中消散

　　龐姆一度與《獵人》主角小傑・富力士（ゴン＝フリークス）談戀愛，及後又恨起小傑，要將他抹殺。當她帶著利器「蕩漾」著跑去找小傑時，不意在

路上遇到師父諾布（ノヴ），並陶醉在後者的英俊、優雅中，心潮起伏，以致連「站著　也很淫蕩」。這時小傑真可以鬆一口氣：「妳不在乎／任我香氣中消散」。要是龐姆纏擾小傑，小傑即使不死，也逃不開龐姆散發的噁心怨氣。

最後是其三「像我這樣迷戀長髮的一個男子」：

整個下午都在髮裡流浪
等待風起
捲我　上岸

讓讀者驚奇的是，龐姆只要稍加打扮，便是一位美女，甚教男子「迷戀」。在嵌合蟻討伐戰中，漂亮的龐姆遭蟻王軍俘虜，並經改造，開始了在敵對陣營的「流浪」。其間，龐姆開發了新的技能，當念力發動，便會「風起」，令頭髮「捲」束著全身，形成防衛戰甲；而由於有了戰甲保護，龐姆可放心蓄力出拳，由錯誤開發能力的泥沼重新「上岸」，轉為使用

天賦極高的強化系戰技。

　　綜觀這三章，可見整首〈髮的紀事〉都是繞著以「髮」為特徵的龐姆來寫，卡夫對《獵人》的愛，真是「截」也「截」不斷。而動漫，也貫穿在卡夫的截句詩中。

　　我曾問卡夫，卡夫說他會陪孩子看動畫、漫畫，他自己也愛看──有這位爸爸，孩子真是快樂又幸福。反過來想，未來孩子仍會常跟自己介紹新的動漫，卡夫的創作靈感不虞匱乏，也是既幸福，又快樂吧！

# 一月，宅著的心情：
## 游鍫良、葉子鳥、葉莎、靈歌、賴文誠截句詩「誤讀」

　　收到白靈老師編選的《臺灣詩學截句選300首》，如所料，白靈沒有選入自己的作品（甚至編選者照片還截去半張臉），純然付出，不問回報，我向他深深致敬。

　　整本詩選按張貼在臉書的日期排序，我先讀「一月」的部分，發現好幾位臉友都從尾田榮一郎（ODA Eiichirō, 1975- ）的《海賊王》取材，例如——

　　1月11日，游鍫良（1960- ）的〈情何以堪〉：

　　　　不要以為將光養大

　　　　你的影子就會拉長

　　按「恐怖三桅帆船篇」，人們若被月光・摩利亞（ゲッコー・モリア）擄獲，重新回到日光之下，其影子即不會變長。為甚麼呢？因為影子早被摩利亞用「惡魔果實」能力剪走了。不說「拉長」，失去影子的人更會被「養大」的陽光燒毀，落得煙消雲散的下場。因此，他們只得終生躲於暗處，等待有天摩利亞被擊敗或自然死去，真箇是「情何以堪」。

　　1月17日，葉子鳥（潘亮吟，1961- ）的〈喵喵與汪汪〉：

> 　　嗜肉者，也可能是心靈的素行者
> 　　素食者，也可能是心靈的嗜肉者

　　曾玩一款遊戲，某角色說養貓的人是狗的性格，養狗的人則是貓的性格，表裡正相反。在《海賊王》裡，佐烏島上的犬嵐公爵（イヌアラシ公爵）、貓蝮蛇大哥（ネコマムシの旦那）也有著與行動不一致的內心世界。這一狗一貓一直指控懸賞金十億的傑克

（ジャック）亂找麻煩、橫蠻無理，但原來他們確實一直藏起傑克要找的忍者，演技騙盡讀者，情義賺盡熱淚。

1月17日，葉莎（劉文媛，1959-）的〈布〉：

> 回想自己曾是苧麻
>
> 性弱耐旱，被誰摘葉去骨
>
> 取出最細最細的心思

布指騙人布（ウソップ），或譯「撒謊布」，曾是「性」情軟「弱」的「苧麻」，但因同伴娜美（ナミ）苦於戰鬥，而為她殫精竭慮，「取出最細最細的心思」，設計成能夠掌控氣象的天候棒，使後者戰力大增。在波音列島，騙人布受海格拉斯（ヘラクレスン）教導，「摘葉去骨」，脫胎換骨，以「最細最細的心思」研究POP GREEN如何用於攻擊，兩年後遂成為不再「性弱」的海上勇士。

1月20日，靈歌（林智敏，1951-）的〈懸〉：

敲門的

不是風不是你

是等待的心跳

　　題目的「懸」指「懸賞」或「懸記」。羅賓八
歲就被政府「懸賞」七千九百萬，曾投靠養牛的老奶
奶，不料老奶奶出賣羅賓，以致政府持械人員前來
「敲門」。羅賓在輾轉逃亡的歲月裡一直不忘原海
軍中將哈克瓦爾‧D‧薩烏羅（ハグワール‧D‧サ
ウロ）的遺言：「大海那麼廣闊，你一定會遇到願
意保護你的伙伴！」她那「等待的心跳」，終於在
蒙其‧D‧魯夫（モンキー‧D‧ルフィ）「草帽一
伙」為救自己而向世界政府宣戰後，放下「懸記」。

　　1月23日，葉莎的〈黑面琵鷺〉：

於我，無一面鏡子不破

無一面鏡子破裂不肯療合

無一面鏡子之內無魚
無一面鏡子之內無我

在「蛋糕島篇」，由於BIG MOM的一位女兒有「鏡子果實」能力，能夠帶人通過鏡子世界，到達其他有鏡子的地方，魯夫為免BIG MOM大軍偷襲同伴，遂吩咐同伴把船上所有「鏡子」打破，此即「無一面鏡子不破」。但通過「破裂」的「鏡子」，置身鏡世界內的魯夫還是能與船員通話，使團隊取得用以「療合」的必要聯繫。另一邊廂，為免魯夫從鏡世界逃脫，BIG MOM的兒子夏洛特・歐文（シャーロット・オーブン）命令可可亞島居民把貴重鏡子都丟進海裡，魯夫如果要從鏡出逃，恐怕只會墜進放眼皆是「魚」的海底，此為「無一面鏡子之內無魚」。可是魯夫之前已靈活地利用鏡子到達BIG MOM領下的各個島嶼，「無一面鏡子之內無我」，其靈活與運氣，加上主角光環，令人深深懷疑，歐文的佈局能夠奏效嗎？

1月30日，靈歌的詩〈墓誌銘〉：

昨日膨脹

今天縮水

　　如所周知，魯夫開啟「三檔」，能令身體的一部分大幅「膨脹」，如變出巨人的拳頭，或令腰腹變成巨大汽球。但由於「三檔」消耗太多體力，魯夫在「膨脹」之後，會急速「縮水」，轉而變為小孩子的身材，那時面對敵人，就全無招架之力了。所以，最初的「三檔」雖然威力強大，但不知是為敵人、還是為魯夫自己樹起了「墓誌銘」。

　　一月份還有卡夫的〈在路上〉，按筆者另文所述，該作偷渡進富樫義博（TOGASHI Yoshihiro, 1966-）《獵人》「友克鑫篇」的情節，內涵豐富。與卡夫一樣善於借用《獵人》的，則是賴文誠（1970-）發表於1月13日的〈抉擇〉：

　　愛與不愛之間

　　總有一根時間的針

　　試著，縫合


　　「幻影旅團」的瑪奇・柯瑪琪娜（マチ＝コマ
チネ）首次展示能力，便是以念線替西索・莫羅（ヒ
ソカ＝モロウ）接回遭敵人撕斷的雙手，「針」與
「縫合」都是其形象特徵。冷酷的西索似乎對瑪奇頗
有好感，手一接上，便想跟瑪奇約會；後來，西索又
煞有介事地問瑪奇想要團長還是西索本人活下來；到
宣布脫離旅團時，西索明明已把瑪奇制服，卻沒有狠
下殺手。另一邊，瑪奇雖然拒絕西索的約會、回答說
更重視團長，仍難掩對西索的特別情感──當西索敗
於團長後，瑪奇特地來「縫合」西索的屍體，以致意
外地讓西索復活。瑪奇和西索，關係正好是「愛與不
愛之間」，相當曖昧。復活後的西索很快便殺害了旅
團成員俠客（ャルナーク＝リュウセイ）和庫嗶（コ
ルトピ＝トノフメイル），使得團長震怒，全體旅團

成員亦立即追殺西索。這時候，瑪奇聲言要親手抹殺
西索，團長卻斷然拒絕，指令誰先找出西索便由誰
下手。團長大概留意到，瑪奇有心偏袒西索──她在
「愛與不愛之間」，正企圖為西索爭取「時間」。所
謂「試著，縫合」，可能指「縫合」西索與旅團的關
係，但更可能指「縫合」西索的一線生機。瑪奇，或
許需要在個人情感與團隊之間做出「抉擇」。

　　白靈論文〈從斷捨離看小詩與截句〉的結尾曾
說，截句詩「短小精悍」，易於與「動漫」結合，有
利詩的進一步推廣。從靈歌、葉莎、游鍪良、葉子
鳥、賴文誠等人的實踐中，可見眾多截句詩人確已努
力使二者合一。研究截句詩者，也不得不重頭惡補動
漫知識了。

　　寫到這裡，整個讀詩的月份，我都很想宅著呢。

# 我是要成為海賊王的女人：
## 漫漁截句詩「誤讀」

　　《海賊王》的主角魯夫經常喊道：「我是要成為海賊王的男人！」不少觀眾故意讀出歧義，說是魯夫的紅顏知己「女帝」漢考克將會「成為海賊王」，魯夫做她「的男人」就對了。反過來想，如果漢考克與她所憧憬的魯夫成婚，而魯夫又按預期成為海賊王的話，這位美艷的「女帝」就果真是「成為海賊王的女人」了。這種發展會否成真，端看作者的奇思安排，詩人漫漁則先寫下其個人猜想。

　　截句詩〈盲點〉以漢考克為藍本，說道：

> 符號墊高了雙腳
>
> 以俯角漢視人間
>
> 不知何時　頭頂飄過一片

變色的雲

如《海賊王》的讀者所周知，漢考克恃美而驕，加上是女兒國亞馬遜百合的皇帝，平日態度非常傲慢，不但「墊高了雙腳」，還會誇張地仰起頭來，「以俯角漠視」別人，不把庶眾放在眼裡。因緣際會，魯夫被巴索羅繆・大熊（バーソロミュー・くま）以「肉球果實」的能力拍飛，如「一片／變色的雲」般「飄」到漢考克統治的亞馬遜百合「頭頂」，不可一世的女帝將因此人生「變色」，反常的行為要叫人大吃一驚！

〈盲婚〉接續謂：

　　從蛹室到天空
　　不懂愛情的她
　　只管向有顏色的地方飛

　　嫁給了第一株看見的樹

　　原來漢考克及其兩個妹妹曾是貴族天龍人的奴
隸，久處禁閉的「蛹室」之中，受盡凌辱，幸得冒險
家費雪‧泰格（フィッシャー‧タイガー）解救，她
們方才重獲自由，得見廣袤的「天空」，但幾個姊妹
的背上卻都留下了曾為奴隸的烙印。在與魯夫交戰
時，漢考克的妹妹不慎露出背部，魯夫卻貼心地為她
遮掩，以致總是擔心過去曝光的漢考克深受感動，一
直「不懂愛情的她」，首次得到男子如「樹」一般的
保護，自此便傾心魯夫，時刻想要「嫁給」他。

　　漫漁接著寫的卻是〈愛情墳墓〉：

　　　自己的坑挖得夠深
　　　用半輩子的時間
　　　把廢土一點點藏起來


　　　為對方彌補破洞


　　儘管愛情盲目（如〈盲點〉、〈盲婚〉的標題所

示），但不解風情的魯夫實在很難說是好情人，「坑挖得夠深」的漢考克恐怕得「用半輩子的時間」，卑屈地忍受魯夫的漠視。按漫畫所述，漢考克確會對魯夫隨意說的「廢」言自行腦補，「一點點藏起來」，認作是示愛、訂婚之類的甜言蜜語；縱或魯夫明白拒絕漢考克的愛，漢考克仍著迷於他的辛辣與刻薄，自發地「為對方彌補破洞」，將魯夫看得很完美。

　　從〈盲點〉、〈盲婚〉到〈愛情墳墓〉，這些詩題多少反映出漫漁並不看好漢考克的初戀。順著〈愛情墳墓〉的「破洞」窺探，漫漁的〈憩〉和〈論者〉似乎也別有深意。〈憩〉裡說：

　　　　到這裡來，把自己藏進
　　　　海的一角

　　　　慢慢修補，行囊中
　　　　滿是破洞的天涯

魯夫在漢考克的庇護下修練兩年[1]，有所成後卻即離她而去，往夏波帝諸島與「草帽海賊團」其他成員會合。漢考克為愛人收拾「行囊」，送他起程，然後自己「藏進」亞馬遜百合這「海的一角」，鎮日為相思所苦，念著遠隔「天涯」的魯夫，心靈的「破洞」愈裂愈大，悲傷愈積愈「滿」，她到底能否承受得住？

〈論者〉的回答是：

把所有的說法各剪一塊
拼成一張燦爛的百納被

被子底下，一個大洞
風兒呼呼而過

[1]　魯夫重回漢考克的勢力範圍，原因是結義兄弟波特卡斯・D・艾斯（ポートガス・D・エース）在海軍本部陣亡，肉體和心靈都嚴重受創的魯夫得稍「憩」一下，「藏進／海的一角／／慢慢修補」自己「滿是破洞」的身心──這也可為漫漁的〈憩〉提供另一種詮釋。

　　按漫漁猜想，漢考克從「所有的說法」——內心的、姊妹的、前任皇帝的、下屬的——「各剪一塊」，只取她所喜悅的，「拼成一張燦爛的百納被」，試圖從中取暖，安慰孤寂的自己。可事實是，痴情的女帝有心，吊兒郎當的魯夫無意，漢考克注定不能在愛情上獲得圓滿，那張「百納被」的「底下」，總有「一個大洞」，透出「呼呼」的聲音，提醒她現實的殘酷，令她陡生涼意，又空虛又冷。

　　如何解救？漫漁在〈婚姻〉裡先寫道：

　　　　把彼此的祕密拿來
　　　　砌牆
　　　　我們的堡壘就這樣
　　　　固執起來

　　魯夫為漢考克守住曾為奴隸的「祕密」，漢考克也一再向世界政府隱藏魯夫行蹤的「祕密」，讓所

愛得以大鬧海底監獄和海軍本部，且保住性命在兩年後再起風雲。用這些二人緊密地互相支援的往事「砌牆」，從回憶之中支取力量，漢考克愛情的「堡壘就這樣／固執起來」，得以忍受歲月睽違的煎熬，能夠抵擋情緒襲來的巨浪。噢，或許吧。

　　然後啊，只能寄望百忍成金了。漫漁的〈偕老〉詩說：

　　　　等海，都爛了
　　　　等石，都枯了

　　　　你和我開始變成
　　　　兩面互照的鏡子

　　「海」都「爛」，「石」都「枯」，除了表示時間的流逝外，「海」能象徵心在遠洋的魯夫，「石」則可指利用「迷戀果實」能力把人石化的漢考克。慣常的說法是「海枯石爛」，漫漁的截句詩卻將之重組

為「海爛石枯」，你裡有我，我裡有你──到海不再
迷人、石都要崩潰的那天，少根筋的魯夫或許就會醒
悟，他和漢考克確實天生一對，是「兩面互照的鏡
子」。哎，或許吧。

　　互照的鏡子只要兩面，就能製造出無重數的鏡
像，猶如愛情，不滅而永恆。但漢考克和魯夫是終究
要破鏡重圓，抑或，免不了一場鏡花水月？漢考克心
底高喊：「我是要成為海賊王的女人！」焦急的她卻
還是跟我們讀者一樣，需要等《海賊王》的作者一話
一話慢慢畫來，像漫漫而漁，像截句，一首一首，最
後交織出另一章動人的故事。

# 無乃兒女仁：
## 王婷截句詩「誤讀」

　　談到「相思」，文學裡總是哀怨多、快樂少。李商隱（約813-約858）的「春蠶到死絲方盡，蠟炬成灰淚始乾」、「春心莫共花爭發，一寸相思一寸灰」、「腸斷秦台吹管客，日西春盡到來遲」、「直道相思了無益，未妨惆悵是清狂」等，皆屬顯例。王婷截句詩〈影子〉卻有著一種不同的展現：

　　　　影子是寄不出的情話
　　　　每走過一次舊事
　　　　相思就會拉長

　　乍看之下，「寄不出的情話」有點壓抑，「舊事」使人追悔，「拉長」的「相思」也此恨綿綿，無

以斷絕——三行重疊，頗易使讀者傷懷。順帶一提，日本漫畫《聽見向陽之聲》（『ひだまりが聴こえる』）的兩位主角離離合合，原因即是二人都不很坦率，常揣著一堆「寄不出的情話」，以致在分開時獨自追憶「舊事」，「相思」便「拉長」，非常痛苦。

　　但仔細研究，「影子」若「拉長」，其實需要有光，王婷詩裡的「舊事」恰恰就擔當著這一正面的、光的角色。那麼，詩人的意思，應該是「舊事」如光，讓人溫暖、有盼望，照亮前方；「寄不出的情話」指深摯的情感從不離身，有如「影子」，未許撇棄；「拉長」的「相思」象徵恆久，跨越時空，持續延綿——〈影子〉的主角每一次回憶美好的「舊事」，其對遙方情人的愛就愈「長」青、愈堅定。它之觸動讀者，不因傷感，而是由於專一，在愛裡崇高。

　　如果視光為刺眼的，要說「舊事」刺心，我們還是無法否認：「相思就會拉長」。有人在遠方思念自己，這是種幸福；思念對方的，在愛裡感到扎心，難保不也是種幸福——胡適（1891-1962）說的：「也想

不相思，可免相思苦；幾次細思量，情願相思苦。」
便是此義。怕只怕人麻木了，不覺痛了，變成哈金
（金雪飛，1956- ）筆下的《等待》（*Waiting*），
那時不相思也無所謂。亞歷山大・仲馬（Alexandre
Dumas, 1802-70）曾說：「人類的一切智慧是包含在
這四個字裡面的：『等待』和『希望』！」光雖刺
心，卻亦是愛的證明，承托著「希望」，使「等待」
也變成如飴之甘。

　　擴大點說，〈影子〉的這種「相思」還不一定要
以情人為目標，對所鍾情的偶像亦可。著名華人巨星
張國榮（1956-2003）因抑鬱排遣不去，在香港文華東
方酒店跳樓喪生，其後每年歌迷影迷都到酒店悼念，
「每走過一次」那現場，每回想一次舞台「舊事」，
對張氏的「相思」就愈「拉長」──縱然巨星已逝，
滿滿的「情話」總是「寄不出」的。張國榮的一首國
語歌曲〈失散的影子〉使人浮想聯翩：「找尋找尋找
了多年　卻再也不能找回我失散的影子　那是我是我
的從前　失散在無意之間慢慢的變成一種想念」。對

一往情深的歌迷來說，「失散的影子」指的就是張國榮。

　　然而，相思的對象可以是父親嗎？明朝人鄧雅有云：「三年父子費相思。」清朝宋凌雲〈憶父二首（其二）〉亦謂：「兒女相思淚數行。」許傳霈（1844-？）觀畫而見先人題詩，垂淚吟道：「相思何在渺難語，恍惚重桂堂前處。父執父書兩莫分，如聞所言吾語汝。」凡此種種，足見「相思」可對父言。

　　王婷的另一首截句詩〈在雨天的天空打卡〉則碰巧可對照香港詩人秀實的思父：

　　　　貓端坐在屋脊
　　　　雷聲夾著母親的預言
　　　　轟隆響起
　　　　雨。在童年中走來

　　在《與貓一樣孤寂》的後記裡，跟貓咪一同生活的秀實提到：「在經歷過許多紛紜醜陋的人情世故

之後，我才驚覺母親的賢良淑德，是世間罕見。」母
親的慈惠，便是藉後來人世「轟隆響起」的「雷聲」
凸顯，可惜詩人未能早早了知這一「母親的預言」。
另外，秀實又時時想起「童年時困處斗室，父親通宵
不寐，修補線裝書的情境」，在後記道出內心的遺
憾：「不能讓父親享有一個安穩無憂的晚境。」在風
「雨」裡，他既想到父親不完全平坦的晚年，又想到
那凝視父親的「童年」——所謂「在童年中走來」，
便是那幕幕有父親相伴的記憶。

　　曹植（192-232）〈贈白馬王彪〉云：「相思成
疾疢，無乃兒女仁？」後一句譯作白話，即「豈不是
像小兒女牽戀難捨之情嗎？」但如果「相思」的對
象是父親，撒嬌的「兒女仁」才是最適切的吧。王婷
為紀念父親，正籌措著出版詩畫集，書名《千山疊
雪》，與其父失傳的詩集相同，正正為「走過舊事，
拉長相思」——那種「兒女仁」的心情，她應該最明
白了。

# 二月，溫故而知新：

## 邱逸華、丁口、靈歌、蔡瑞真、葉子鳥、葉莎、龍妍、蔡鎮鴻、Lim Pl、王勇截句詩「誤讀」

　　翻到《臺灣詩學截句選300首》的「二月」一輯，截句詩的作者帶我們重溫了馮小剛（1958- ）導演、劉震雲（1958- ）編劇的電影《一九四二》，故事以劉震雲小說〈溫故一九四二〉為本。

　　2月14日，邱逸華的〈撲火〉為觀眾掀開序幕：

　　　　星星之火在燃燒

　　　　你的烈焰在招搖

　　　　燒盡我吧使我成灰

　　　　乘風飛落，沾惹你衣襟

　　河南大旱，顆粒無收，張國立（1955- ）飾演的

范東家建寨自保，卻難敵前來搶糧的飢民，被迫打開
門，迎他們進來大吃大喝，只是暗中派長工栓柱到縣
裡搬救兵。救兵找不上，栓柱還不小心張揚了范東家
的計謀，以致飢民大怒，雙方就廝殺起來。混亂中，
范東家的兒子被殺，「星星之火」又點著了地上的
油，「烈焰」馬上「招搖」狂噬，隨「風」蔓延，徹
夜「燃燒」，最終把范東家恢宏的住所「燒盡……成
灰」。范東家的家業就這樣「乘風飛落」，傷心的他
唯有躲回縣裡哭，「衣襟」上「沾」滿了淚水。

　　2月8日，丁口（張瑞欣）的〈吞〉：

　　　　時間是憂鬱的
　　　　吞噬母親光滑的皮膚
　　　　蝗蟲過境，所有人都離村了
　　　　剩下窗邊的小娃鞋

　　在縣裡，人們都收拾家當，準備逃荒，替范東
家耕地的佃農瞎鹿也不例外。原來河南大旱之後，繼

之便是「蝗蟲過境」，螞蚱成災；「所有人都離村了」[1]，為求一線生機，而離開無糧的家園。瞎鹿的「母親」老紀甚大，「光滑的皮膚」早被「時間」全然「吞噬」，她這時「憂鬱」地抱怨：看來我這把老骨頭，是埋不到咱祖墳上了。瞎鹿記得把祖宗牌位、孩子的風車玩具帶走，卻不知道母親的「小娃鞋」——她童年的記憶——將永遠「剩下」在人去樓空的「窗邊」了。

　　2月3日，靈歌〈吻二行〉：

　　　　一行怎麼夠
　　　　二行疊上二行，方便攪拌

　　逃荒開始時，栓柱不甘被范東家的妻子懷疑偷竊，說要不幹了，范東家卻勸他留下，彼此關照；在路上，范東家又碰上瞎鹿一家，他立即提出：「一塊

────────────

[1] 　電影中，范東家再遇瞎鹿，即問：「村裡人都出來了？」瞎鹿答：「全出來了。」

走吧，路上有個照應。」的確，要保障大家的性命財
產，自己「一行」人是不「夠」的，需要「二行疊上
二行」，才「方便」在「攪拌」融合中互相救應。電
影後段，瞎鹿的妻子花枝與栓柱草草成婚，讓栓柱能
有個媳婦，范東家亦說：「你們倆在一起也好，有個
照應。」栓柱就和花枝一夜溫存，「攪拌」在一起，
這跟靈歌的詩題〈吻二行〉相合。

　　2月7日，蔡瑞真的〈謠言〉：


　　不支薪

　　卻搶著上班的

　　勤奮法官


　　范偉（1962- ）飾演的老馬本是延津縣衙伙夫，
只因逃荒潮起，政府派他作「災民法庭庭長」，老馬
即稱其機關為「第一戰區第九巡迴法庭」，得意地在
鄉民間當起「法官」來。他「搶著上班」，顯得「勤
奮」，自然是因為官名好聽，足夠讓他耀武揚威；但

要說他「不支薪」，如同詩題所示，似乎純是「謠言」──在審訊栓柱時，老馬恐嚇要將栓柱發配前線抗日，結果嚇出范東家以三升白麵贖人，法庭還把栓柱防身的槍沒收，頗有得利。

2月20日，葉子鳥的〈絮〉：

> 請允許我拿著一把槍
> 對著空中盲射
> 必定有你冰涼之影
> 覆蓋在我千瘡百孔的棉被上

前面說栓柱因「拿著一把槍」，被老馬指控違反戰時管理條例，范東家即出來求情，請法庭「允許」災民以槍防敵，老馬卻反唇相譏，不予接納，這與〈絮〉的首行相應。但葉子鳥寫的似乎是電影中的美國記者白修德（Theodore Harold White, 1915-86）──白修德帶著「千瘡百孔的棉被」，冒險到河南災區採訪，卻在鐵軌上遭到日軍飛機轟炸；他目睹入侵者的

殘暴，憤怒地「拿著一把槍」，邊罵邊「對著空中」
那群「冰涼」的鐵皮戰機「盲射」，渴望能擊落硝煙
裡的死亡之「影」。

　　2月22日，葉莎〈訪友〉：

> 櫻花沿路奔跑
> 我一路閃躲
> 好不容易來到你的小木屋
> 只見窗子嗡嗡的飛著

　　傳教士安西滿也在災民間活動，起初他對上帝
深信不疑，認為范東家的財產被燒、災民需要逃荒、
梁東家死在路上，都是因為不信主所致。及後，他親
身經歷「櫻花沿路奔跑」——日本人沿途襲擊，看見
無辜的小孩慘死，自己卻無能為力，只能狼狽地「一
路閃躲」，對神的信念產生了極大動搖。安西滿「好
不容易來到」梅甘神父（Father Megan）的「小木

屋」[2]，聽著「窗子」裡「嗡嗡」的聖樂之聲，耳邊
卻仍然響著戰鬥機「嗡嗡」的噪音、爆炸後「嗡嗡」
的迴鳴，以及魔鬼「嗡嗡」的質疑之聲，他向梅甘自
承：「魔鬼鑽進了我的身體。」[3]

2月28日，龍妍的〈閒〉：

> 月是夜裡的魚
>
> 穿梭逝水之中
>
> 有人涉水而來
>
> 提了一大袋的靜來敲門

　　據電影所述，河南省政府並非不關心災情，其省

---

[2]　電影中梅甘的教堂主要為石造，但安西滿來時先是叩開
　　「木」製的大門。梅甘和安西滿的劇情結束後，電影鏡頭刻意
　　後退，使教堂在山上顯得愈來愈「小」，或是象徵宗教的力量
　　遠退，對天災人禍不起作用。

[3]　安西滿對神的質疑，以及梅甘神父對他的安慰，與曾美玲
　　（1960-）刊於2月8日的〈教宗與小女孩〉亦頗相似：「一位
　　菲律賓小女孩問教宗／『為什麼上帝允許世界有童妓？』／教
　　宗只能將她重傷的心／輕輕擁入懷中」。

主席李培基（1886-1969）考慮到「夜裡」的時間依
舊「穿梭逝水之中」，永不停步，災民的苦楚隨時加
增，於是星夜前往重慶，「涉水而來」，面見蔣介石
（蔣中正，1887-1975）。可是李培基剛想開口，蔣
的機要秘書就一連串地報告美國總統富蘭克林‧德拉
諾‧羅斯福（Franklin Delano Roosevelt, 1882-1945）
來訪、印度莫罕達斯‧卡拉姆昌德‧甘地（Mohandas
Karamchand Gandhi, 1869-1948）絕食成功、汪偽政權
周佛海（周福海，1897-1948）有意投誠，以及緬甸戰
場失利、蘇聯斯大林格勒戰況不明等重要資訊，還提
及蔣鼎文（1893-1974）在河南與日軍作戰的處境，令
一心來求蔣介石減少向河南徵糧的李培基不敢作聲，
最後只吃了幾口早餐，就送走另有要務的蔣介石，可
說是「提了一大袋的靜來敲門」<sup>4</sup>，完全無功而還。

　　2月14日，蔡鎮鴻的〈結局〉：

---

<sup>4</sup>　電影裡，李培基臨離開重慶，才把自己「提了」很久的那
　　「一大袋的靜」掏出來，拜託陳布雷（1890-1948）將記錄河
　　南災情的文件轉交蔣介石。

不看新聞，我是孤僻的少年
看了新聞，我是瘋到老年
拆開了史書，我是棺槨早已蟲蛀
現在開始流行骨灰灑洋

　　蔣介石「不看新聞」，一直像「孤僻的少年」，認為河南雖然有災，但災情並不嚴重。在看了王芸生（王德鵬，1901-80）於《大公報》上為〈豫災實錄〉寫的社評後，蔣氏仍不相信報導，還「瘋到老年」，怒氣滿懷，勒令《大公報》休刊反省。一直要到記者白修德拿著狗吃人的照片前來，蔣介石才不得不面對現實。這時，他開始擔心國人視自己為「獨夫民賊」；白修德的文章在《時代雜誌》（Time）刊出後，他更怕全世界以「腐敗政府」評價中華民國，唯有急謀對策，後知後覺地賑濟河南。「拆開了史書，我是棺槨早已蟲蛀」，說的是蔣介石尚未蓋棺，世人就對其人及其政權的朽壞有了定論；「現在開始流

行骨灰灑洋」，更叫人聯想到焚骨揚灰[5]——為報深
仇，人民隨時起來推翻蔣氏的統治。

2月20日，Lim Pl〈我所願意的〉：

> 放手不是我願意的
> 只是換一種方式繼續走下去
> 讓你的離開我的存在
> 變得有意義

鏡頭回到范東家那兒：瞎鹿的娘親被日本人殺
死，瞎鹿大概被飢民分吃了，范東家的兒媳、妻子也
相繼餓死在途中。一行人輾轉來到洛陽，盼望能得救
濟，可惜事與願違，唯一出路是變賣婦女，換回小
米，才可延續性命。瞎鹿的老婆花枝因帶著兩個小
孩，沒人要買，她於是提出與栓柱結婚[6]，把孩子交給

---

[5]  成語「焚骨揚灰」見於《梁書‧侯景傳》，侯景（503-52）自
    稱漢帝（551-52在位），曾以建康為都，即民國時期之南京。

[6]  二人在范東家見證下成婚，有趣的是，栓柱的演員張默
    （1982- ）即張國立之子，而飾演花枝的徐帆（1967- ），實為

後者照料，第二天才成功自賣進城。「放手」花枝，本來「不是」難得成家的栓柱所「願意」的，但糧食問題迫在眉睫，花枝和栓柱都不能不「換一種方式繼續走下去」——花枝的「離開」使栓柱和兒女的生命多了點保障，栓柱的「存在」則負責看顧瞎鹿和花枝的骨肉，兩人一去一留，都因之「變得有意義」。

　　2月5日，王勇（1966-）的〈疤〉寫出《一九四二》的最後一幕：

> 我的褲子上
> 都是補丁
> 爺爺的手臂肩背胸膛上
> 也都是補丁

　　賣掉女兒的范東家帶著內孫，和栓柱、花枝的兒女上了火車，向陝西進發。途中栓柱跳下鐵軌，往回

---

導演馮小剛之妻。

找失散的孩子而去。范東家千辛萬苦到達陝西，卻被
軍人開槍制止入境，慌亂之中，竟把孫兒活活悶死。
范東家自此失去生存意志，孑然一身地向河南的方向
走，只盼著能死得靠近家鄉一點。可是途中，他遇見
家人全部喪生、「褲子上／都是補丁」的小女孩，小
女孩竟像給「手臂肩背胸膛上」滿身傷「疤」的范東
家縫回「補丁」一樣，讓後者為了保護她，又重新燃
起鬥志，決意活下來。范東家讓小女孩喊他「爺」，
兩人續向未知的前途並肩走去……

　　最後是2月8日，胡淑娟的〈傷口〉在散場後帶來
一點反思：

　　　　歷史是一道道
　　　　無言的傷口
　　　　傷口說的
　　　　都是真實的謊言

　　《一九四二》是富有魅力的電影敘事文本，獲

獎無數，但其歷史真實性畢竟惹來非議。例如電影中
蔣鼎文不恤難民、李培基熱情賑災，就都與獲查證的
文獻紀錄完全相反；蔣介石在白修德的報導之前，就
已啟動救援；另外，電影中日本軍發糧濟民的情節，
更是憑虛捏造，只為對比出民國政府的不作為，有故
意醜化蔣介石之嫌。所以，在處理1942年「歷史」那
「一道道／無言的傷口」時，電影藉「傷口」來「說
的」，卻似乎「都是真實的謊言」，而非還原史實。

　　不過，如果電影想探討的並不是1942年那場災
荒，一切就另作別論了。

　　我不懂，下齣看愛國電影《走近毛澤東》去。

# 三月，IDOLiSH7：
## 靈歌、Lim Pl、葳妮截句詩「誤讀」

　　《IDOLiSH7》（『アイドリッシュセブン』）是多平台的大型企劃，從手機遊戲、漫畫、音樂、小說到動畫，網羅了眾多支持者，其2018年1月番動畫光碟首卷銷售量，一星期內便達到26,596張，氣勢之驚人，可見一斑。而收進《臺灣詩學截句選300首》「三月」輯的詩，我只聚焦3月12日一天之作[1]，即有三首可與《IDOLiSH7》的動畫情節比讀而觀。

　　3月12日，靈歌〈此後〉：

　　　交叉過的二條線
　　　今後即使平行

---

[1]　IDOLiSH7組合七人、TRIGGER組合三人、Re:vale組合二人，合共十二位主要角色。用作呼應，我選上三月的第十二天。

也要靠近

　　組合IDOLiSH7的主唱七瀨陸（ななせ　りく）與TRIGGER的主唱九條天（くじょう　てん）原為異卵雙胞胎兄弟，弟弟七瀨陸患有哮喘，天生病弱，很少機會出門，哥哥九條天則為他表演唱歌、跳舞，讓他開心起來，兩人是「交叉過的」、關係緊密的「二條線」。可是九條天後來撇下家人，隨養父接受藝能訓練，開展星途，七瀨陸的心靈頗受傷害，一直不能理解哥哥的選擇，「二條線」開始分隔、「平行」。到七瀨陸也出道了，IDOLiSH7與TRIGGER為競爭對手，九條天總在擔心弟弟的健康出問題，口裡卻指弟弟資質不足，冷眼相對，「平行」的疏離關係更見明顯；直至IDOLiSH7在Sound Ship的直播節目代替TRIGGER獻唱，九條天才開始承認弟弟的實力。「平行」的二人終於在新人賞決戰前夕碰面，七瀨陸向哥哥坦露心聲，關愛著弟弟的九條天也卸下面具，兩人重新「靠近」，成為偶像路上互相鞭策的好對手。

3月12日，Lim Pl〈風鈴木〉：

　　抓一把三月的風

　　繫在開花的樹上

　　讓它成為

　　心裡的牽絆

　　偶像兄弟不只有七瀨陸、九條天這一對，還有和泉一織（いずみ いおり）、和泉三月（いずみ みつき）這一雙。哥哥和泉三月自小夢想成為偶像，但因身材矮小，往往未能得到演藝公司賞識；弟弟一織則是各方面都非常優秀的全才，為了哥哥，他主動向有意聘用自己的事務所開出條件，要對方一併與兄弟兩人簽約——當一織成為「開花的樹」，面試成功，他就要「抓一把三月的風」，帶上哥哥，兄弟倆「心裡的牽絆」可說是非常堅固[2]。

---

[2]　補充一下，和泉三月在IDOLiSH7裡與二階堂大和（にかいどう やまと）、六彌凪（ろくや なぎ）組成「畢達哥拉斯

3月12日，葳妮（Winniefred Wang）〈別後〉：

> 獨舞的落葉
> 美成千種寂寞
> 還想在秋天的心裡
> 開滿春花

　「落葉」指四葉環（よつば たまき），他長於孤兒院中，雖然外形俊「美」，心中卻有「千種寂寞」，特別是在失去妹妹的消息後，擅長跳「舞」的他更覺形單影隻，只能「獨舞」。他之所以加入IDOLiSH7，成為偶像，最初的動機只是為上電視，

---

組」，3月8日高塔（1950- ）的截句詩〈熟春〉云：「半黃葉，三月和雨紛紛／揀起，正反細瞧幾遍／小數點後面／好幾位數的春」，「半黃葉」隱指黃色頭髮的混血兒六彌凪，「三月」為和泉三月，「和雨」即二階堂大和，三人合唱的〈畢達哥拉斯☆Fighter〉（〈ピタゴラス☆ファイター〉）有不少重複的旋律，由三人「紛紛／揀起，正反細瞧幾遍」，營造出非常歡樂的、「春」的氣氛。高塔詩裡的「小數點」、「好幾位數」，也與數學家畢達哥拉斯（Pythagoras, c. 570-c. 495 BC）呼應。

引起妹妹注意，讓她跟自己聯繫得上——若果成事，
他一度愁如「秋天」的「心裡」肯定要「開滿春
花」，喜不自勝[3]。

　　白靈說截句詩可與動漫配合，我因此看得不亦樂
乎。暫時未見蹤跡的逢坂壯五（おうさか そうご）、
八乙女樂（やおとめ がく）、十龍之介（つなし り
ゅうのすけ）、百（もも）和千（ゆき），應該也很
快有人寫進截句詩裡吧。

---

3　題外話，《萬葉集》有不少「秋」季思人、尋人的詩，而
　　「春」在其中則充滿喜樂；新海誠（SHINKAI Makoto, 1973- ）鍾
　　愛《萬葉集》，其《你的名字》（『君の名は。 -your name.-』）
　　在情節上也有對應「秋」、「春」的相同設計，值得留意。

# 美智雙全：
## 謝梅臻截句詩「誤讀」

　　謝梅臻（謝美智，1971- ）的截句詩深得「截」字之趣，其〈還君明珠〉謂：

> 相思如彼岸捻來的一陣風
> 我還來不及畫符鎮壓
> 它已化身為一場隔夜雨
> 掛成一串眉睫下的念珠

　　分開來看，第二行的「來不及」意謂行動被時間「截」住，「鎮壓」是期望「截」停事物的發展；第四行以「念珠」喻眼淚，點滴墜下，斷斷續續，是個被「截」的意象。題目「還君明珠」出自唐人張籍（約766-約830）〈節婦吟〉，謝梅臻「截」掉了原詩

「還君明珠雙淚垂」的後三字;詩僧蘇曼殊(1884-
1918)化用張籍之句,於〈本事詩〉曾寫道:「還卿
一缽無情淚,恨不相逢未剃時」,謝梅臻的「念珠」
與詩僧形象嶺斷雲連,可能亦暗示招人落淚的感情終
必「截」斷,無以為繼,只得抱憾。另外,謝梅臻詩
首行的「捻來」指「帶來」,但「捻」字可令人想到
「吟安一個字,捻斷數莖鬚」;第三行的「隔夜雨」
指連綿過夜的雨,但「隔」字也使人想到「隔斷」,
一如詩中「我」和情人相隔——無論是「捻斷」、
「隔斷」,都有著「截」的意思。

　　謝梅臻〈樹與影〉寫道:

　　　你在上頭招攬風雲
　　　我在底下用沾染泥濘的笑容
　　　接收你打呼的夢囈


　　據《世說新語》所載:「王、劉與深公共看何
驃騎,驃騎看文書不顧之。王謂何曰:『我今故與深

公來相看，望卿擺撥常務，應對共言，哪得方低頭看此邪？』何曰：『我不看此，卿等何以得存？』」鎮日清談的「上頭」名士王濛（309-347）、劉惔（？-347後）以言語「招攬風雲」，帶著僧人去看驃騎將軍何充（292-346），何充卻只低頭處理文書，不理他們。王濛輕輕怪責何充，何充卻帶著「沾染泥濘的笑容」說：「沒有我在『底下』辦事，『接收』你們終日『夢囈』、『打呼』遺下的問題，你們又豈能存活呢？」謝梅臻〈樹與影〉「截」取晉人典故，卻寫得不著痕跡，背後或有其「截」蒲為牒式的苦學吧。

# 音樂流轉的小詩風潮：
## 林宇軒截句詩〈旅行〉「誤讀」

　　為鼓動小詩風潮，白靈提倡的截句擬舉辦多次主題徵文，繼「讀報截句」、「小說截句」後，尚有「禪之截句」、「電影截句」、「音樂截句」等陸續湧來。讀林宇軒（1999- ）的〈旅行〉，卻發現他已有「音樂截句」的嘗試。〈旅行〉說：

> 直到找不到歸途
> 才知道回家也需要練習
> 像生病是練習死去
> 寫詩，是練習活著

　　首句的「找不到歸途」，出自張敬軒（1981- ）的〈迷失表參道〉，說的是即使與人愛戀過，分手

後，再執著地懷念對方，甚至重臨曾經彼此擁抱的旅行舊地，到底也會變得毫無感覺。

　　次行「回家」和「練習」取自李幸倪（1987- ）〈今天終於一人回家〉：「我發覺愛戀當中都是練習　練習於失戀當中都是浪漫」。具體的練習內容，李幸倪的歌裡說是拋棄舊情的纏累，「忘掉昨日愛著誰」，要更進一步重新認定自我，「記住我是誰」。如是者，「一人回家」才能變成「堅強回家」。

　　「像生病是練習死去」一行，用的是劉德華（1961- ）〈練習〉的意思。劉德華〈練習〉的MV，拍的便是愛人「生病」，即將「死去」，主角「練習」適應沒有她的生活。在林宇軒〈旅行〉裡，練習成果並非一蹴即至的，而是需要像劉德華所唱：「我已天天練習　天天都會熟悉　在沒有你的城市裡　試著刪除每個兩人世界裡　那些曾經共同擁有的一切美好和回憶」。唯有「天天練習」，才能「一人堅強回家」。

　　最後，失戀後也不是要在舊情中永世沉淪，林宇軒謂：「寫詩，是練習活著」。等待下次愛情來到，

重新「活」過來時，全身就會不受控制，像吳克群（1979-　）唱的：「為你寫詩　為你靜止　為你做不可能的事　為你我學會彈琴寫詞　為你失去理智」。那麼，就在無法控勒地愛人之前，好好練習「寫詩」，期望到時表現好一點吧。吳克群這首歌，就叫〈為你寫詩〉。

　　回到張敬軒的〈迷失表參道〉，歌詞裡說：「夜深表參道　讓我再起步　何處是旅途　隨處是旅途」。愛情的「旅行」上，一旦與所愛分離，「找不到歸途」，「天天練習」認定自我，「練習」忘記舊情人，最終也能「堅強回家」，並「再起步」，隨時開展新的「旅途」，為更好的愛人「寫詩」。

　　在林宇軒量少而質精的截句詩作裡，〈旅行〉說的就是上述故事。它有著「音樂截句」的特色——〈迷失表參道〉，填詞林夕（梁偉文，1961-　），也有王菀之（王愛之，1979-　）主唱的版本；〈今天終於一人回家〉，填詞周耀輝；〈練習〉，作詞王裕宗、李安修（1964-　）；〈為你寫詩〉，作詞吳克群。

# 截右臂，牽紅線：
## 林硯俞截句詩〈分手〉「誤讀」

　　林硯俞的散文寫作頗受肯定，曾獲得「後山文學獎」、「梁實秋文學獎」等；林氏截句詩也非常精彩，如收進《臺灣詩學截句選300首》的〈分手〉，即屬上乘之作：

　　　　把手切斷　再見。
　　　　腳　踩踏相反方向　與你，
　　　　地上的血　連著　你說是紅線。

　　這首詩刻意用空格「截」開詩句，寫情人關係「截」斷後，大家就往「截」然不同的方向走，無論是形式上，還是內容上，都貼合「截句」的要求。同時，林硯俞在首二行雖說情緣已「切斷」，但最後一

行又以血埋下一條「連著」的「紅線」——然則詩中
的情人藕斷，是否仍有絲連？回頭，是否可再續癡
纏？詩的結尾「截」然收束，留下腦補空間，整首詩
「以有限文字呈示無限可能」，確實是非常理想的截
句創作。

　　我的「誤讀」版本為：「把手切斷」並非象徵，
而是確實把手斬了下來。金庸（查良鏞，1924-2018）
武俠小說《神鵰俠侶》中，郭芙暗暗愛著楊過，其表
現卻不甚坦率，老是跟楊過作對，甚至在任性怒火
中砍斷了楊過右臂。斷臂後，楊過即急急離開襄陽，
黃蓉亦送郭芙離家到桃花島——兩組沉重步伐，「踩
踏」著「相反」的「方向」。

　　「地上的血　連著　你說是紅線」——斷臂灑下
一「地」鮮「血」，而最終郭芙、楊過有沒有被「紅
線」繫到一起？主流看法是郭芙與耶律齊結成夫婦，
楊過與小龍女長相廝守；但亦有讀者積極發掘《神鵰
俠侶》、《倚天屠龍記》的暗線，提出小龍女驟逝、
耶律齊叛變、郭芙與楊過終成眷屬的看法。由於金庸

沒有交代郭芙下場——正如林硯俞為〈分手〉設置開放式結局——「血」是漸漸流乾了，還是變成了姻緣堅固的「紅線」，讀者確可自行想像，仁智互見。

　　讀截句詩而想到金庸小說，對很多作品都會有新的觀感。例如吳添楷（1993- ）的〈資料庫〉：「把愛建檔於你的心中／偷偷不說／我漸漸變成數據／寫進有你的資料庫裡」，想想，把「我」看作「甄志丙」，把「你」當成小龍女，可能也說得通。

# 也是弄泡泡的人：
## 吳添楷截句詩〈咱們是一串句號〉「誤讀」

　　吳添楷共有三首作品——〈資料庫〉、〈歷史〉和〈咱們是一串句號〉——收錄於《臺灣詩學截句選300首》中，三首俱屬傑作，這裡試「誤讀」最後發表的〈咱們是一串句號〉：

　　　　溺水的人
　　　　被泡泡埋成一句已讀不回
　　　　真相如何
　　　　只有。。。。。。知道

　　情人對自己發出的訊息「已讀不回」，墜入愛河的主角一個人陷得太深，便猶如「溺水」。溺水，則呼出「一串句號」似的「泡泡」。吳添楷在文字與標

點上的設計，使本詩充滿了可供讀者介入、發揮想像
的空間。「一串句號」之後，「咱們」（包括讀者）
的想像才開始。

　　文字方面，吳添楷留下了不為人知的「真相」
——情人之所以「已讀不回」，未必就因為嫌棄「溺
水者」，可能純粹是工作忙，甚至是準備當晚給「溺
水者」一個反轉式的驚喜（如所周知，情人在自己生
日當天會故意裝得冷淡，然後老套地捧出一個大蛋
糕）；「真相」也可能是情人單純不喜歡討論「溺
水者」發過去的訊息，像是情人明明喜歡羽生結弦
（Hanyū Yuzuru, 1994- ）跳躍時的大字型，「溺水
者」卻一味讚嘆羽毛球員戴資穎（1994- ），情人沒
興致，雙方就出現不短不長的冷場；最壞的情況，
是情人確已另結新歡，所以就不鳥「溺水者」了。
（不，最壞的情況是情人與前度復合一起騙你，我兒
子說。）總之，「真相」是無人知曉，但又是人人可
自行設想的。

　　標點方面：（A）六個句號串成變體的省略號，

省略號象徵一種開放式的可能。「溺水者」一時感到「已讀不回」的情人十分遙遠，但隨時下秒鍾情人就回覆訊息，表達愛意。省略號裡的期待與機會，能夠給「溺水者」一個大團圓的結局。（B）同時，省略號又表示欲語還休、欲言又止──欲語還休的是「已讀不回」、沉默不語的情人，欲言又止的則是百感交集、不知如何再開口的「溺水者」──情人不跟「溺水者」互發訊息了，後者遂有了失去傾訴對象的啞然無奈。（C）如果不把接連的句號視為放大的省略號，而仍把它們當句號看，則句號標示結束；句號接連出現而變成「一串」，即強調「溺水者」和情人關係終斷之不可避免。要選擇樂觀還是悲觀的解讀，試過或沒試過被人「已讀不回」的讀者，又都可自作其主張。

　　然後，「咱們」中更喜歡自作主張的讀者，還可以繼續「泡泡」出其天馬行空的聯想。例如「泡泡」二字，除了增加詩的節奏感和使呼出氣泡一幕更形象化外，它亦可令人想到「泡湯」、「泡影」等詞彙，

轉指「溺水者」付出許多心血追求情人，最終還是
「如夢幻泡影，如露亦如電」，沒多久就戀情告終，
好事「泡湯」了。又例如「溺水者」隨著氧氣耗竭，
「泡泡」呼盡，「埋」身水底，其實可聯繫上《莊
子・盜跖》的「尾生與女子期於梁下，女子不來，水
至不去，抱梁柱而死」──「溺水者」像尾生般期待
回覆出現，回覆卻最終沒有出現，於是抱著手機如抱
著樑柱，沉入洶湧的愛海中溺斃，唯有女子不來、回
覆不至的「真相」，終歸誰也不知道。通過這樣往外
聯想，〈咱們是一串句號〉的詮釋空間理當是推開所
有「句號」、延綿不止的。

　　我這篇「誤讀」推衍新義，見縫便插針，捕風又
捉影，可能讓人覺得小題大做、「泡泡」過多；但我
想詩人應該更怕讀者「已讀不回」，略看了看文本就
跳過去，浪費了留白的設計，使好詩寂寞如樑下的尾
生吧。

# 讓心波力釋放創意的囚徒：
## 許赫〈耐心〉、曾美玲〈照相〉「誤讀」

　　陳菇（1968- ）曾舉例說明神態描寫的重要：「『某某臉上堆滿笑容，捧著文章連連彎腰道：「你的文章一定能得諾貝爾文學獎！」』這是在拍馬屁；『某某冷冷一笑，搖著頭將文章朝桌上一甩道：「你的文章一定能得諾貝爾文學獎！」』這擺明是在嘲諷；『某某眼中露出崇敬之色，拿著文章反覆翻動，口中不停說：「你的文章一定能得諾貝爾文學獎！」』這是由衷之言。」[1]可見同一番話，若是配上不同神情，意義便大有分別。截句詩的創作卻有時故意隱去這些細節，開放給讀者推敲思索，增加詩的詮釋空間。

　　許赫（張仰賢，1975- ）〈耐心〉這樣描述：

---

[1]　陳菇，《陳菇校長教寫作》（香港：香港經濟日報有限公司，2013）53。

　　廟裡有位仙姑要教我通靈
　　等了很久連手機都玩到沒電
　　終於仙姑辦完事回來了
　　我剛好這時候醒來

　　首先可讀為「諷刺」的版本：沒有仙姑在場的時候，「我」能藉手機網絡接通中外古今天上地下，達到「通靈」的效果；仙姑「回來」時，手機已「玩到沒電」，我也自「通靈」的情境中「醒來」，即仙姑在場反而不靈了。這是藉世俗的科技對比，揭示宗教的虛妄。

　　接著是「深信」的版本：「我」乖乖地信仰著仙姑的法術，因此「耐心」地等候，等候的時間不短，所以手機才會「玩到沒電」；沒電了，「我」還是等到仙姑「辦完事回來」，然後立刻打「醒」精神，要聆聽她的教法。這是現代版的慧可（487-593）「立雪斷臂」，渲染對宗教的摯誠。

　　最後沉迷宗教者的解釋：仙姑其實在幕後有所行動，正是因其作法，「我」用手機時方得臻於「通靈」之境，渾然忘記時間，以致「玩到沒電」；到仙姑收功「回來」，「我」乃自「通靈」的幻境中「醒來」。愚昧的世人否認仙姑背後的大能，親身經歷的「我」卻如夢初「醒」，合什頂禮，傾心信仰，歡喜奉行。信者恆信，這也是一種宗教的神祕吧。

　　曾美玲（1960- ）的〈照相──給敘利亞的小女孩〉謂：

　　　　親愛的孩子
　　　　這不是槍
　　　　快將高高舉起的
　　　　恐懼，放下

　　　　讓我含淚捕捉，大眼睛裡
　　　　遭戰火焚燒
　　　　被砲彈擊碎，躲藏的童年

　　截句之後，只留頭四行，省去了第二節的神情補充，詩的多義性更為明顯。首先，「親愛的孩子」可以是反諷，說話人原來是名入侵者，他嘲笑在戰火中成長的敘利亞小女孩說：「這不是槍！」這是相機呢，笨蛋！那入侵者捧腹狂笑，令小女孩尷尬不已，更無法「放下」對敵人的「恐懼」。

　　又或者，說話人是位人道救援者，帶著相機到當地，他神情堅定，要讓小女孩放心：「這不是槍／快將高高舉起的／恐懼，放下」，絕對不會傷害你的！這令人想到《海賊王》西爾爾克醫生（Dr.ヒルルク）初次遇到受鹿群和人類攻擊的多尼多尼‧喬巴（トニートニー‧チョッパー）時，為了讓喬巴卸去戒心，竟在雪地上將衣物都脫去，證明自己沒有武器，終於得到喬巴的信任。

　　說話人亦可能是抵抗敵軍的志願者，他目光如炬，語重心長地告訴孩子：「這撿來的相機並不是槍。」快去拿起真槍，學習反擊吧！只有趕走到處燃

起戰火、製造災難的壞人，我們才能真正「將高高舉
起的／恐懼，放下」。

　　比較特殊地，我想到說話人是位「打卡者」，意
思是他到當地跟孩子拍照，然後放到網上騙讚，接著
就溜走了，對苦難純粹採取獵奇態度，絲毫不覺得自
己需要負任何責任。他暗地裡訕笑敘利亞的小女孩連
相機都不懂，希望她跟自己合照時「將高高舉起的／
恐懼，放下」，展露笑容，藉此加強照片中自己愛心
天使的形象。據說不少到山區義教的大學生都拿這種
心態接觸當地的孩子，詳情不妨參閱王駿業《挪威的
木材》²。

　　綜言之，〈照相〉不是定格一切的照片，〈耐
心〉值得耐心細味詩的可能，許赫和曾美玲的截句
詩，激發讀者的心波力，釋放創意被囚禁的陽光³。

---

2　這篇是「誤讀」，並不追求詩人寫作的原初意圖。但題外
　話，談到敘利亞，有些人也睜著眼睛「誤讀」說：「敘利亞有
　化武，她罪有應得。」「死死，還是有人活著的。」看到這種
　「誤讀」，你不憤怒嗎？

3　許赫經營「心波力幸福書房」，曾美玲有詩集《囚禁的陽
　光》。另外，許赫最新出版的詩集名為《囚徒劇團》。

# 詩是什麼？
## ——劉曉頤截句詩〈無用之用〉及其原詩「誤讀」

　　劉曉頤參加「詩人節截句」的限時徵稿，從發表於2017年3月26日《聯合報》副刊的〈請你支持我苟活〉取出兩行，改題名〈無用之用〉，回答「詩是甚麼」的徵詩主題：

　　　　我撥開它，像溫柔地撥開一個亂世
　　　　遂有發亮小徑如肢體語言

　　這令我想起王強（1962-）在〈經典的「無用」，正是它的「意義」〉一文按語中[1]，曾提及意大利學

---

[1]　王強，《書蠹牛津消夏記》（香港：牛津大學出版社，2016）219-22。

者諾丘·奧迪耐（Nuccio Ordine, 1958- ）於2013年出版《無用之物的有用性：宣言》（*L'utilità dell'inutile: Manifesto*）一書，從古今哲學、文學名家的經典探尋「無用之物」的「有用性」。文學在「亂世」固然是生活中的「非必需之物」，是「產生不了實際利益之物」，但奧迪耐提出「我們需要無用之物，就像我們需要讓基本的生命官能活下來一樣」──誠如歐仁·尤涅斯庫（Eugène Ionesco, 1909-94）詩歌所揭示的，想像和創造的需要猶如呼吸，須臾不可或缺。與劉曉頤詩文若合符契的說法，是奧迪耐斷言，對這些「非必需之物」的培育，「的的確確能夠有助於我們抵抗、承受，留存一線希望，瞥見一束光亮，這光亮使得我們能夠走在尊嚴之路上」。是的，「撥開」詩頁，在「亂世」裡，「小徑」也會「發亮」，而向前踏步便是最適切的「肢體語言」。

　　截句詩限定篇幅為四行或以下，按此規則，在〈無用之用〉裡嘗鼎一臠的我們，不妨拿劉曉頤所附〈請你支持我苟活〉原詩細緻「誤讀」，或許又能見

出更多對「詩是甚麼」的解答。茲先引全詩如後：

　　苟活在堅實的杏仁核中
　　磷火閃過

　　真理的圍裙，黑夜鄉野的火車
　　我通透的普魯士藍心臟

　　苟活在低頭時，稚弱的頸椎
　　（搗碎一組脫殼的詞語）

　　無名指端枝椏的奮戰
　　嫩綠的血滴入黎明的渴
　　黃昏的圓酡
　　磨成晶屑，均勻灑進
　　廢棄教堂的野草堆
　　我撥開它，像溫柔地撥開一個亂世
　　遂有發亮小徑如肢體語言

通往私密的葡萄酒窖。我刻好了
橡木桶上那些隱喻
日常臺詞／果粒迸越的詭辯術

我行禮如儀，一個人
行酒令，讌賓客
用糖紙包裹斜陽側頸抹過的謎語
長出玫瑰般的小刺

用手掌捂熱──
戳印大小不一的傷口，伸向窗口
換取飼草，我榨欄裡的乳牛
喜歡星光斑駁而尚未懂得愛

我胸口的頹牆。你
支持我在這裡苟活
用體內的碎玻璃和花香
交換不祥的黃昏

波爾，現在你是我最後的力學
最後一杯
鏽斑的雨聲

　　當中概括出詩的不同題材和承載，例如：「真
理的圍裙，黑夜鄉野的火車／我通透的普魯士藍心
臟」，說的是佛拉迪米爾・列寧（Vladimir Lenin,
1870-1924）在俄羅斯「二月革命」後計畫回國，由
普魯士為主體建立的德意志帝國認識到列寧將對交戰
中的俄國造成困擾，於是允許列寧乘搭「黑夜鄉野的
火車」，穿過「普魯士藍心臟」地帶，持其視為「真
理」的共產主義，在俄國策動無產階級革命。這兩行
如果截句出來，便代表「史詩」。
　　「苟活在低頭時，稚弱的頸椎／（搗碎一組脫殼
的詞語）」則言及手機。劉正偉曾說：「現今繁忙的
工商社會，3C當道低頭族流行，物慾橫流的時代，
究竟有多少人有時間去陪讀詩人的數百數千行的文字

遊戲？或所謂曠世絕作呢？」慨言現在是「低頭」的
時代，可惜人們通常不是「低頭」閱讀詩作。劉正偉
也以詩回應這「稚弱的頸椎」，如寫沉迷手機的〈距
離〉和〈中秋過後〉，寫網上社交平台的〈臉書〉，
寫即時通訊軟體的〈已讀不回〉等，活用了新時代
「脫殼」而出的事物和「詞語」，在反思中試圖「搗
碎」現代人對電子產品的偏執。從〈請你支持我苟
活〉截出第三節兩行，實可代表「新科技詩」，與史
詩今古輝映。

　　「磨成晶屑，均勻灑進／廢棄教堂的野草堆」
則代表宗教主題──「教堂」為崇拜上帝之處，「廢
棄」、「野草堆」卻令人聯想到杜甫（712-70）的
「翠華想像空山裡，玉殿虛無野寺中」，或者李商隱
的「於今腐草無螢火，終古垂楊有暮鴉」，深嘆宗教
在真理「磨成晶屑」、碎片化的今天愈發不受重視。
〈請你支持我苟活〉原詩後兩行為「我撥開它，像溫
柔地撥開一個亂世／遂有發亮小徑如肢體語言」，已
截作〈無用之用〉；但分進合擊，若與「磨成晶屑」

兩行合併，似更可表現劉曉頤的觀念：雖然人們對信仰漸漸冷淡，但重新「溫柔」地「撥開」它，卻能令「亂世」的「小徑」再次「發亮」，讓人得到如何前行的啟發。順帶一提，「肢體」正是基督宗教對成員的稱呼。

　　有人寫高蹈的宗教詩，但也有人以寫性為樂，劉曉頤〈請你支持我苟活〉未有忽視這一塊。截出「通往私密的葡萄酒窖。我刻好了／橡木桶上那些隱喻／日常臺詞／果粒迸越的詭辯術」三行，「私密的葡萄酒窖」是乳房，「木桶」的「隱喻」指擠出醉人的汁液，「果粒」即乳頭──寫性詩的人常「詭辯」說自己不過是寫「日常臺詞」、食色天性，但與傳統相比，這種題材還是相當越軌、「迸越」的──「迸」，意思是裂開、湧出，擠捏欲裂，乳汁溢湧。無獨有偶，項美靜的截句詩〈又聞白果香〉曾寫道：「杏葉黃了，銀杏熟了／老漢笨拙地剝著白果／就像當年不安分的手／剝開她　旗袍上的那粒葡萄扣」，似乎亦以「葡萄」象徵乳首。

　　接下來，劉曉頤還提及諷刺詩。把「用糖紙包裹
斜陽側頸抹過的謎語／長出玫瑰般的小刺」兩行截句
出來，便是形容棉裡藏針的諷喻。補充一例，擅寫諷
刺詩的非馬（馬為義，1936- ）在〈公園裡的銅像〉
第二節說：「黎明時腳下一對情人在擁吻中醒來／用
夢般音調誦讀鐫刻的美麗謊言／竟又使我的胸口隱隱
作痛／就在第一道晨光照射的地方／就在那玫瑰花開
的地方」，當中的「我」（指銅像）注視情人們「側
頸抹過」彼此臉頰的交談，聽他們讀出愛情永恆的謊
言或「謎語」，心裡立即「長出玫瑰般的小刺」<sup>2</sup>，
感到不能認同——可是，既對永恆無法認同，銅像所
鑄的偉人是否終將在「斜陽」裡鏽蝕，被時間毀棄
呢？或許，這才是詩要「包裹」的、諷刺的核心。

　　劉曉頤〈請你支持我苟活〉不但道出詩的不同
題材，也描繪了詩的各種作者與讀者，更全面地向人
指說「詩是什麼」。首先，「無名指端枝椏的奮戰／

---

<sup>2</sup>　〈公園裡的銅像〉首節言及「在胸前別一朵紅玫瑰」，故
　　「玫瑰花開的地方」可指心臟。

嫩綠的血滴入黎明的渴／黃昏的圓酡」說的是大量生
產型的詩家（盛者可一日再詩）。贊同從舊作截句創
新的丁威仁（1974- ）常說自己不寫詩會死──「黎
明」即有「渴」，日間詩意在「指端」翻飛，對抗內
心壓力，如「奮戰」般持續書寫，懶理會過程「血
滴」，到「黃昏」遂有了「圓酡」，尋詩不覺醉流
霞，頗感滿足。楊寒（劉益州，1977- ）近年寫詩量
減少，但他不停寫小說，也有手部發炎，要以「無名
指端枝椏」按鍵盤輸入「奮戰」截稿日的時候。

截出劉曉頤原詩的首兩行：「苟活在堅實的杏仁
核中／磷火閃過」，這裡形容有些作者非常認真，詩
的內容非常「堅實」，也講求蘊含靈光，如「磷火閃
過」，能夠打動讀者。可惜他們生不逢時，在輕薄無
深度的後現代，詩集難以暢銷，注定只能「苟活」。
這些人包括_____ 、_____ 、_____ 、
_____和_____（請填上自己認定的名字，
然後向人推介他們吧）。劉曉頤原詩名〈請你支持我
苟活〉，未知是否將自己列入「認真詩人」一類。無

論如何，她確很認真，且堅實。

〈請你支持我苟活〉的倒數第三節全部四行，寫的則是較缺創意的詩人。「用手掌捂熱——／戳印大小不一的傷口，伸向窗口」，那是「熟讀唐詩三百首，不會吟詩也會偷」，先把前人的悲情「傷口」仔細「捂熱」、唸熟，然後如「戳印」般複製經驗，「伸向窗口」展示世人，騙些讚。「換取飼草，我榨欄裡的乳牛／喜歡星光斑駁而尚未懂得愛」，意思是幸運時，這些「伸向窗口」的作品會得到報刊選錄，賺回稿費「飼草」，而模仿者食髓知味，於是會更用力地從收藏的作品——「榨欄裡的乳牛」處擠出營養，繼續轉化他人之作。沒辦法，這類作者雖喜歡詩的「星光斑駁」，奈何「尚未懂得愛」，不曉得如何展現個人情感，等而下之的更會淪為抄襲。

詩寫出來了，讀者反應如何，有時無法控制。截出這四行：「我胸口的頹牆。你／支持我在這裡苟活／用體內的碎玻璃和花香／交換不祥的黃昏」，寫的是詩人不被賞識。這也不能全怪讀者，因為與「榨

欄裡的乳牛」乳汁豐沛對比，有些詩人「胸口」只有「頹牆」，質量欠奉。即使他請人「支持」自己在詩壇「苟活」，應者不是寥寥，就是口雖稱善心實惡之。結果，這種詩人的「玻璃」心都「碎」了一地，大嘆苦心經營的「花香」竟僅僅「交換不祥的黃昏」！哎啊！新詩的「黃昏」要到了！文學要亡了！他們肚裡大概都養著一隻「慘叫雞」吧，然而世界沒有給他們的回音。

　　有些作品不錯，會遇到認真閱讀的愛詩人。單獨截出「波爾，現在你是我最後的力學／最後一杯／鏽斑的雨聲」這三行來看，其背後用的應是《巴別塔男孩》（*Imprenta Babel*）的故事。《巴別塔男孩》的主角是名為「波爾」的作家，他重回童年生活的小鎮，要尋找家族世代相傳、滿是「鏽斑」的印刷機巴別塔，過程中卻不斷湧現各種回憶，想起了深愛著的女子、一起冒險的朋友、祕密印刷禁書的伯伯等，令尋找的過程愈發充滿意義。能夠發掘詩文本深意的讀者──就像「波爾」那樣──是詩人的知己，是「最後

　　的力學」，支撐著作者在艱苦中繼續書寫；又是「最後一杯／鏽斑的雨聲」──像「鏽斑」處處的印刷機巴別塔──通過傳播詩作的巧思，以點滴的「雨聲」喚起遙遠的記憶，引起更多人的共鳴。

　　也有時，詩在網上貼出來後，按讚數超多，但其實大家都沒讀文本就是了。從劉曉頤詩截出這兩行：「我行禮如儀，一個人／行酒令，讌賓客」，說的便是讀者不過是「行禮如儀」地點讚，詩人只是「一個人」在「行酒令」，後者卻還滿心歡喜，以為真有「賓客」等著他「讌」[3]。模擬對話：「這首詩好棒啊！快點出版！我想買！」「這首詩就收在上次送給你的詩集中啊！」「……」「……」那是頗使人無奈的。

　　詩是甚麼？詩正安好。但當代的交流文化令一些部分變得奇怪，甚至可笑。問如何糾正？「就讓詩發揮其沉默的『無用之用』吧。撥開一個亂世，等整代

---

[3]　當然，這兩行若放在詩人的部分討論，可以指詩人執持對詩的信仰，即使沒有讀者，也仍「行禮如儀」地寫，不忘初心。

人身名俱滅後，真正的詩還是不廢江河，萬古長流，在發光的路上誘人不知手之舞之、足之蹈之地以肢體的感動來回應。」劉曉頤自截的〈無用之用〉嘗試如此作答，其旨亦大矣。

語言文學類　截句詩系31　PG2151

# 截竹為筒作笛吹：
## 截句詩「誤讀」

作　　者 / 余境熹
責任編輯 / 鄭夏華
圖文排版 / 周妤靜
封面原創設計 / 許水富
封面設計 / 王嵩賀

發 行 人 / 宋政坤
法律顧問 / 毛國樑　律師
出版發行 / 秀威資訊科技股份有限公司
　　　　　114台北市內湖區瑞光路76巷65號1樓
　　　　　電話：+886-2-2796-3638　傳真：+886-2-2796-1377
　　　　　http://www.showwe.com.tw
劃撥帳號 / 19563868　戶名：秀威資訊科技股份有限公司
　　　　　讀者服務信箱：service@showwe.com.tw
展售門市 / 國家書店（松江門市）
　　　　　104台北市中山區松江路209號1樓
　　　　　電話：+886-2-2518-0207　傳真：+886-2-2518-0778
網路訂購 / 秀威網路書店：https://store.showwe.tw
　　　　　國家網路書店：https://www.govbooks.com.tw

2018年12月　BOD一版
定價：220元
版權所有　翻印必究
本書如有缺頁、破損或裝訂錯誤，請寄回更換

國家圖書館出版品預行編目

截竹為筒作笛吹：截句詩「誤讀」/ 余境熹著. --
　一版. -- 臺北市：秀威資訊科技, 2018.12
　　面；　公分. -- (語言文學類)(截句詩系;31)
　BOD版
　ISBN 978-986-326-645-7(平裝)


851.486　　　　　　　　　　　107021282

# 讀者回函卡

感謝您購買本書，為提升服務品質，請填妥以下資料，將讀者回函卡直接寄回或傳真本公司，收到您的寶貴意見後，我們會收藏記錄及檢討，謝謝！
如您需要了解本公司最新出版書目、購書優惠或企劃活動，歡迎您上網查詢或下載相關資料：http:// www.showwe.com.tw

您購買的書名：＿＿＿＿＿＿＿＿＿＿＿＿＿＿＿＿＿＿＿＿＿＿＿
出生日期：＿＿＿＿＿年＿＿＿＿＿月＿＿＿＿＿日
學歷：□高中 (含) 以下　　□大專　　□研究所 (含) 以上
職業：□製造業　□金融業　□資訊業　□軍警　□傳播業　□自由業
　　　□服務業　□公務員　□教職　　□學生　□家管　　□其它＿＿＿
購書地點：□網路書店　□實體書店　□書展　□郵購　□贈閱　□其他
您從何得知本書的消息？
　　□網路書店　□實體書店　□網路搜尋　□電子報　□書訊　□雜誌
　　□傳播媒體　□親友推薦　□網站推薦　□部落格　□其他＿＿＿＿＿＿
您對本書的評價：(請填代號　1.非常滿意　2.滿意　3.尚可　4.再改進)
　　封面設計＿＿＿　版面編排＿＿＿　內容＿＿＿　文／譯筆＿＿＿　價格＿＿＿
讀完書後您覺得：
　　□很有收穫　□有收穫　□收穫不多　□沒收穫


對我們的建議：＿＿＿＿＿＿＿＿＿＿＿＿＿＿＿＿＿＿＿＿＿＿＿

＿＿＿＿＿＿＿＿＿＿＿＿＿＿＿＿＿＿＿＿＿＿＿＿＿＿＿＿＿＿＿

＿＿＿＿＿＿＿＿＿＿＿＿＿＿＿＿＿＿＿＿＿＿＿＿＿＿＿＿＿＿＿

＿＿＿＿＿＿＿＿＿＿＿＿＿＿＿＿＿＿＿＿＿＿＿＿＿＿＿＿＿＿＿

11466
台北市內湖區瑞光路 76 巷 65 號 1 樓

**秀威資訊科技股份有限公司**　　　收

BOD 數位出版事業部

······························································

（請沿線對折寄回，謝謝！）

姓　　名：＿＿＿＿＿＿＿＿＿　年齡：＿＿＿＿　性別：□女　□男

郵遞區號：□□□□□

地　　址：＿＿＿＿＿＿＿＿＿＿＿＿＿＿＿＿＿＿＿＿＿＿

聯絡電話：(日) ＿＿＿＿＿＿＿＿＿＿　(夜) ＿＿＿＿＿＿＿＿＿＿

E-mail：＿＿＿＿＿＿＿＿＿＿＿＿＿＿＿＿＿＿＿＿＿＿＿